고마운 인연이
행복한 우연을 불렀다

단발머리 담덕 **네 번째 책**

고마운 인연이
행복한 우연을 불렀다

초판 1쇄 인쇄일 2024년 7월 10일
초판 1쇄 발행일 2024년 7월 18일

지은이 스텔라
펴낸이 양옥매
디자인 표지혜 송다희
교　정 조준경
마케팅 송용호

펴낸곳 도서출판 책과나무
출판등록 제2012-000376
주소 서울특별시 마포구 방울내로 79 이노빌딩 302호
대표전화 02.372.1537　**팩스** 02.372.1538
이메일 booknamu2007@naver.com
홈페이지 www.booknamu.com
ISBN 979-11-6752-486-7 (03810)

단발머리 담덕 네 번째 책

고마운 인연이
행복한 우연을 불렀다

스텔라 · 지음

책과나무

정성을 다하는 삶에 존재하는

고마운 인연들이

행복한 우연을 부르고 있었다.

빈 건물 앞에 묶여 있었던 민트를 데려온 후

파양당한 담덕이를 만날 수 있었으니.

자연스러웠다.

차례

프롤로그 5

장미가
사랑한 날들

고마운 인연이

행복한 우연을 불렀다

2022년 5월 1일

저희 집에서 클레마티스clematis 같이 감상해요.

이 사랑스런 초대는 봄날을 들뜨게 한다.
왈왈왈~
담덕이의 격한 인사도 웃음으로 맞아 주시는군요.

담덕 아부지를 위해 준비해 주신
재계 언니의 부드러운 수육과
김용진 교수님이 가꾸시는 이 댁 정원의 상추까지
어우러지니 어떤 와인인들 황홀하지 않으랴.

돌담에 가득한 클레마티스를 바라보며
낭만을 풀어 본다.

사과꽃이 참 예쁘다.
그 아래에 머리를 대면 사과꽃 헤어핀이 된다.

크리핑타임creeping thyme은 돌계단 돌 틈 사이에서
보라색 물결을 만들고

담덕이는 놀이터에 있더니
어느새 사과꽃 너머에서 활짝 웃고 있다.

우리의 오월이 이렇게 시작되고 있다.

2022년 5월 5일

지나치려다 키가 낮은 잎에 무언가 달린 하얀 게 궁금해서 몸을 숙여 바라보면 감탄사가 절로 나오는 꽃이 있다.

어쩌면 이리 예쁠 수가~~

담덕이가 그 옆에 서면 담덕이 다리 길이의 반 정도 높이다.

위에서 내려다만 보면 꽃에 비해 커다란 잎에 가려져 앙증맞은 하얀 꽃은 보이지 않을 때도 있다. 은방울꽃이다.

도움이 필요한 아이들도 그렇다.

무심코 지나치려다 자세를 낮추어 바라보면 그 여리고 순수한 마음을 읽을 수 있고, 우리가 먼저 경험한 어린 시절의 어느 날들을 돌이켜 보면 아이들에게 지금 이 순간 필요한 사랑의 모양을 알 수 있다.

아이들에게 진실되게 다가가면 어른들이 생각하는 행복의 기준이 맑아질 수 있다.

큰아이가 어린이날 선물로 담덕이에게 판다 인형을 선물했다.

어느새 어린이날이 쑥스러운 초보 어른이 되었구나ㅎㅎ

꽃처럼 어여쁜 세상의 모든 어린이들.

활짝 행복하렴.

담덕이가 응가 마려울 텐데… 몸이 찌뿌둥하니 조금 더 누워 있고 싶은 아침에도 일찍 일어나는 건 엄마이기 때문이다.

세탁기에서 많은 양의 빨래를 꺼낼 때 담덕이는 무척 놀라워하며 무서워했었다. 남편 책상 밑으로 쏜살같이 숨어 버리곤 해서, 엄마가 빨래괴물 없애 줄게라고 말하곤 했었다.

큰아이가 집을 나설 때면 차 뒷바퀴가 보이지 않을 때까지 눈을 떼지 못하고, 작은아이가 친구들과 술을 마시는 날이면 밤늦게라도 잘 들어갔다는 연락을 받고서야 편히 잠을 잘 수 있다.

엄마는 그런 거다.

친정엄마가 돌아가시기 전 담덕이가 보고 싶다던 말씀이 막내딸이
더 많이 보고 싶다는 뜻이었다는 걸 나중에야 깨달은 나는 그래도
엄마구나.

어버이날 정원 일을 돕겠다는 아이들과 정원에 가득한 데이지꽃을
꺾어 호국원에 계신 부모님을 뵈러 차에 오르는데, 부모님이 언젠가
의 어버이날 하셨던 말씀이 떠올라 울컥한다.

우리에겐 네가 카네이션꽃이란다.

고개를 들어 사랑스럽게 장미를 바라보다
담덕이가 활짝 웃는다.

장미를 심고 가지치기를 하는
스텔라 옆에 있었으니 뿌듯하겠지.

새로운 윤석열 대통령이 취임하시는 날이다.
대한민국의 모든 존재들이 장미라는 걸 명심하셔야 하니
두려운 자리일 게다.

장미의 아름다움을 감탄하며 바라만 보다 해이해진다면
장미 가시가 깊게 쿡--
앗, 따가워하실 게다.
장미처럼 탐닉되지만 무서운 게 국민들이니.

2022년 5월 12일

온실 청소를 하며
노오란 루rue를 다듬어 주는 동안

담덕이는 그네 옆을 오가며
아이리스iris를 바라보곤 하더라.

아이리스도 너와 행복한 것 같아.

2022년 5월 15일

흰 작약은 활짝 폈고
붉은 작약은 하나둘 피어나고 있다.

흰 작약 곁을 지나던 담덕이는
그 매혹적인 플로럴 향이 진했던지
향을 희석하려는 듯
하늘을 향해 코를 벌름거리더니
함박꽃 웃음을 보여 주었다.

스승의 날이 되면 떠오르는
나의 유년 시절의 예쁜 선생님들께
붉은 작약을 선물하고 싶은 날이다.

고개를 높이 든 채 눈을 지그시 감고
새소리를 감상하더니
장미만을 바라보는구나.

그런 담덕이의 뒷모습
너머에 있는 연분홍 장미는
황홀하면서 순수하다.

찔레꽃은 오늘 들뜬 열일곱 살 기분이다.
그냥 알 수 있다, 얘들의 마음을.
얘들아~ 어디 놀러 갈까?

제대로 다듬어 주지 못해 미안한 인동초도
혼자서 아름드리 덩굴을 만들고 있다.

레몬밤lemon balm과 오레가노oregano와 딜dill 사이에서
마구마구 올라오는 잡초들을 뽑다가
담덕이가 궁금해 뒤돌아보니
놀이터 안에서 스텔라를 지켜보고 있었다.

혼자서 잘 노는
기특한 담덕이를 위해
그만 정리하고 시원한 물을 줘야겠다.

2022년 5월 21일

장미들의 환호성이 이어지고 있다.
오전 7시부터 10시쯤의 차분한 아침 햇살이 반짝일 때
얘들이 제일 행복해 보여 이 시간에
좋은 분들과 장미를 감상하기로 했다.

벚꽃이 한창일 때 뜯어 두었던 쑥으로 떡을 하고
첫 수확한 레몬버베나lemon verbena로 차를 우려내고
바질basil과 토마토에 올리브오일을 듬뿍 뿌리고
바람과 함께 깔깔깔~ 웃음을 나누고.

담덕이네 장미를 사랑하러 오신
친근한 분들의 마음속에
주말 내내 장미 향이 가득하기를~~
또 웃어 본다.

2022년 5월 23일

주드jude · 엠마뉴엘emanuel · 샬롯charlotte · 안젤라angela…
오월의 시간이 장미들과 함께 흐르고 있다.

보름달이 환하게 잘 보이는 집 위쪽 땅을
우리는 달문이라고 부르는데
그 달문 앞에서 남편이
유난히 가시가 굵어 힘겨웠던 장미를 다듬어 주었다.

같이 세월을 담아 가는
담덕이와 남편의 모습이
참 편안해 보인다.

2022년 5월 24일

　라벤더lavender를 잘라 나의 방법으로 허브티를 만들고 있다.

　줄기째 길게 잘라 흐르는 물에 씻은 후 광목이 깔린 건조대에 담는다.

　이번 5월의 휴가 기간에는 수확해야 할 것들이 많다.

　캐모마일chamomile도 왕성해지고 있고 레몬버베나 여린 잎도 얼른 따 주어야 한다.

2004년에 남편이 나무로 만들어 준 건조실은 오랜 세월 동안 허브들을 맛있는 차로 건조해 주면서 나의 마음을 읽어 내는 듯하다.

며칠 전 건조실에서 꺼낸 라벤더도 아주 마음에 든다.

6시가 되기 전 이른 아침부터 자르고 다듬는 동안 담덕이는 묵묵히 곁을 지켜 주고 따가운 햇볕 아래 목에 두른 손수건이 땀에 젖을 때쯤 스치듯 바람이 지나가니 소소하고 감사한 아침이다.

2022년 5월 25일

반가운 소나기가 지난밤에 내려 주어
아침을 맞는 식물들의 표정이 더 해맑아 보인다.

덕분에 물 주는 수고로움으로부터 자유로워지니
나의 발걸음도 느려지며
담덕이와 정원을 찬찬히 둘러볼 여유가 생겼다.
잡초가 많은 곳은 눈을 딱 감고 지나가는 거야.

담덕이가 오늘 아침 첫인사를 한 친구는
디기탈리스digitalis였다.
가까이 다가가 이리 보고 저리 보고~

신중한 담덕이는 예쁘지만 독성이 강한
디기탈리스를 보기만 할 뿐이라 다행이다.
디기탈리스는 옆에 있는 달맞이꽃과
체리세이지cherry sage의 부러움을 받고 있다.

2022년 5월 26일

차이브chives의 작고 붉은 보라색 꽃이 알리움allium을 떠올리게
한다.
차이브는 키가 작고 잎이 가는 파의 종류이다.

파 냄새가 나지 않고 식욕을 돋우기에 프랑스 요리에 쓰이는 믹스
허브mix herb인 타라곤tarragon, 파슬리parsley, 차빌chervil과 더불어
파인 허브fine herbs 재료의 하나이다.
차이브는 chive에 s를 붙여 복수형을 나타내는데(차이브스) 하얀 구
근이 증식되어서 포기가 엉키듯 총생하기 때문이다.

오늘 아침 달걀 요리에 올리려고 칼슘과 철분이 풍부한 차이브를 자르는 동안 차이브를 못 먹는 담덕이는 공을 갖고 놀다가 장미를 바라보고 있었다.

새소리와 바람 소리뿐인 시간에 나와 두어 시간을 넘게 정원 일을 하다가 집 앞 도로를 달리는 차 소리와 따가워지는 햇볕에 문득 시간을 확인해 보면 오전 8시쯤이다.
해가 길어졌으니 당연한 건데 요즘은 그 당연한 게 참 고맙고 자연의 조화로움에 감사하다.

이제 담덕이를 쉬게 해 주며 아침 식사를 준비해야 한다.

2022년 5월 27일

큰아이와 같이 살기로 했다.

불편하다며 남편은 싫어했지만, 대학 들어가면서부터 따로 살았던 큰아이는 20대가 가기 전에 하고 싶은 게 부모님과 집에서 같이 사는 거라며… 어쩌겠는가ㅎㅎ

이 두 남자들 사이에서 나는 힘들 때가 많다.

남편은 큰아이를 받아 주는 조건으로 아침 7시 이전에 정원에 물 주는 것과 밤에 피아노를 연주하고 싶으면 끄트머리에 있는 방에서 두드리라며 딱 1년 동안만 같이 살아 보겠다고 큰 인심 쓰듯 으름장을 놓았다.

아빠의 불친절에도 큰아이는 피아노를 보물처럼 소중하게 옮기며 연신 싱글벙글이고 그런 큰아이를 따라다니며 담덕이도 꼬리를 흔들며 좋아라 했다.

　나는 그 아이가 아끼는 곰 인형들을 목욕시켜 햇볕에 널면서 큰아
이보다 더 아이 같은 괴팍한 남편의 요구에 피식 웃음이 나왔다.
　아유 참.
　정원에서 바람의 숨결을 느끼다 보면 세상사 일들이 다 별거 아니
더만ㅎㅎ

　담덕이는 이제 두 대의 피아노를 그냥 지나치지 못하고 수시로 연
주하는 큰형아의 다양한 음악들을 듣게 될 것이다.
　오피스텔에서 가져온 짐들을 대충 정리하고 만족해하며 큰아이가
담덕이랑 판다 인형 옆에 앉으니 셋 다 곰인 것 같다.

2022년 5월 28일

경주는 나를 꿈꾸게 하는 곳이다. 어느 곳인들 이야기가 묻혀 있지 않으랴. 대학 때는 보물산 같은 남산을 매달 답사한 적도 있었다.

커다란 담덕이를 데리고 편하게 다닐 수 있는 곳이 많지 않은데 이제 곧 경주에 터전을 마련하실 분들이 고맙게도 한적하고 아름다운 산책로를 알려 주셔서 즐겁게 다녀올 수 있었다.

어디를 가든 나무들과 동물들이 먼저 눈에 들어오는 나는 심한 가뭄에 보문호수의 물이 가난한 것에 마음이 쓰였고, 나무들과 그 나무로 만든 문화재들의 갈증이 느껴져 가슴이 답답해져 왔다.

국수집에서도 카페에서도 쉽게 사용하는 일회용품에 대해서 불만을 얘기하는 작은아이와 더 많은 돈을 벌기 위해서 더 바쁘게 움직이고 더 편리한 것들을 추구하는 삶에 대해서 얘기를 나누었다.

지구는 인간만을 위해 존재하는 것이 아니기에 나무와 강물과 버려진 강아지들과 벌들이 같이 행복해야 한다는 생각을 남편이 열심히 번 돈으로 사 주는 비싼 저녁을 먹는 내내 떠올리고 있었다.

조금 더 저렴한 저녁을 먹고 버려진 동물들과 환경을 위해 도움을
주면 안 될까, 하는 말을 끝내 하지 못하면서.

2022년 5월 31일

산에 살다 보니
가을이 아니어도 낙엽이 많고
치우고 정리해야 할 꽃잎들도 많다.

빗자루를 들고 시작하려는데
열어 놓은 달문(보름달이 잘 보이는 문) 앞에서
담덕이가 웃고 있다.
꽃을 보며 웃고 있다.

내가 기다릴게.
네가 비켜 줄 때까지.
지금 이 순간 너의 웃음보다
더 소중한 건 없단다.

바람이 즐거워하는 정원

고마운 인연이

행복한 우연을 불렀다

장미 주드를 보며 즐거워하는 담덕이가 잘 있는지 한 번씩 확인하며 캐모마일 수확을 서두르고 있다.

습기가 많거나 흐린 날은 캐모마일꽃에 함유된 에센셜 오일이 반으로 감소되기에 건조하고 맑은 요즈음이 수확하기에 최적기이다.

이르게 찾아온 무더위에 힘이 들어 마무리하려다 보니 나보다 더 캐모마일을 원하는 벌이 캐모마일 꽃에 딱 붙어 있었다.

순간 너무 많이 수확해 버린 내 손이 부끄러워졌다.

내가 일을 하면서도 한 번씩 담덕이를 확인하는 것처럼 담덕이도 내 등 뒤에서 스텔라 엄마의 위치를 확인하며 장미를 바라보고 있다는 걸 알기에 살짝 웃음이 나온다.

잘 건조시켜 감기 기운이 있을 때도 마시고 불면증이 있는 친구에게도 나누어 주어야지.

2022년 6월 6일

빗줄기 사이로

아침 햇살이 얼굴을 내밀며

장미를 사랑하는 담덕 왕자를 보고 있다.

바람도 사랑스런 숨결로

내 눈앞에 존재하는

소중한 이 순간을 지켜 주고 있다.

일제 시대에 태어나 학교를 다니셨고
6 · 25 전쟁에 참전하셨던 아버지로부터
그 암울함과 비참함에 대해
많은 이야기들을 들으며 자랐다.

어릴 때에는 현충일이 되면
대문 앞에 태극기를 조기로 달고 묵념을 했었다.

나라를 지키기 위해 목숨을 바치신 많은 분들이 계셔
찬란한 오늘을 살고 있음에 깊이 감사드린다.

2022년 6월 7일

많은 세이지sage 중에서 가든세이지
garden sage를 특별히 아낀다.

귀하게 대접하며 그 주변에는 잡초가 얼씬도 못하게 신경 쓴다.

가든세이지도 그걸 알고 있다. 어느 날인가 목을 쭉 올려서 도도
하게 바람을 타고 뽐내는 것을 보았으니ㅎㅎ

우리는 이 세이지의 잎을 잘게 부숴 버터나 크림치즈에 섞은 후 빵
에 발라 먹는다.

어제 오후에 많이 내린 비 덕분에 정원 일에 여유가 생겨 찬찬히
정원을 둘러보다 보니 가든 세이지의 보라색 꽃이 눈에 띄었다.

꽃만 따로 보면 특별하지 않은데 가든세이지의 꽃이라서 고귀해
보인다. 담덕이는 장미가 더 마음에 드는지 그네 앞 장미를 보러 가
버렸다.

세이지는 현명한 사람이 키운다는 말이 있다.

세이지 특유의 약초 향 가득 맡을 때마다 현명한 사람이 되고 싶어
진다.

2022년 6월 9일

　평화로운 유월의 정원에서 형아와 공놀이를 한 담덕이를 씻기는데 큰아이가 흥분된 목소리로 말했다.

　작고 예쁜 새가 난로 안에 들어가 있어요.
　혼자 힐링할 장소를 찾아 굴뚝으로 들어왔나 봐요.
　근데 그 안에 갇혀 있으면 위험하잖아요.

　겨울에 주로 사용하는 난로라 요즈음은 그 안을 눈여겨보지 않았는데 큰아이 눈에 띄었으니 이 새는 행운아다. 난로 유리문 안에서 우리의 도움을 기다렸겠지.

우리는 밖으로 나가는 문을 열어 둔 채 끝 둥근 집게를 가져와 살짝 집어 밖으로 보내 주려 했는데 이 녀석은 난로 문을 열자마자 후다닥 나왔다. 가기 전 살짝살짝 머물다 가는 걸 보니 우리 집이 마음에 드는 듯했다.

담덕이가 아빠와 목욕을 하고 있어 이 새를 못 본 게 못내 아쉬웠다.
한참 후 털을 말리고 나온 담덕이는 코를 킁킁거리며 어떤 다른 냄새의 흔적을 확인하더니 계단에 엎드려 무언가를 궁금해하는 듯했다.

담덕아.
작고 예쁜 새가 다녀갔단다.
난로 안에서 잠시 쉬었다가
자유로이 훨훨 날아갔으니
행복한 아이일 거야.

2022년 6월 11일

이맘때쯤 라벤더를 보면 십수 년 전 홋카이도에 있는 토미타 농원에서 만났던 토미타 회장님이 떠오르곤 한다.

보라색 물결로 뒤덮인 라벤더 속에서 감탄을 하던 스텔라를 뿌듯한 웃음으로 맞아 주시던 시골 할아버지셨다.

그분은 한국에서 어린 두 아들을 데리고 찾아가던 스텔라를 라벤더처럼 대해 주셨다.

지금은 우리나라에도 프로방스나 홋카이도처럼 라벤더를 잘 재배하시는 분들이 많으시다. 나는 여전히 라벤더가 가득한 정원을 보면 부러울 뿐 그다지 잘 키우지는 못하는 편이다.

그래도 정원 한편에 있는 스물 네댓 포기의 라벤더들은 나의 라벤더들이라 그저 사랑스럽다.

담덕이가 공격하지 않는다는 걸 알고 이제는 편하게 밥을 먹고 가는 고양이 서든리에게 우리는 라벤더 같은 존재일까?

나는 가족들에게 라벤더 같은 스텔라일까? 궁금해진다.

2022년 6월 15일

살구나무 어르신들을 더 튼튼하게 하려고 지난겨울에 가지치기를 많이 했었다. 해마다 이맘때면 로즈마리rosemary를 넣은 살구잼을 만드는데 그 영향으로 올해는 살구가 아주 적게 열려 잼을 만들지 못했다.

아니, 살구를 보여 주는 것만으로도 나무에게 감사했다.

그런데 우리 집 살구를 좋아하시는 오랜 단골 어르신께서 찾아오셨다. 루이보스rooibos를 블렌딩한 허브티를 내어 드리고 곧 빗방울이 떨어지기 전에 사다리를 가져와 어르신께 드릴 살구를 몇 개 따는데, 담덕이가 웅얼거리며 무언가에 당황해하는 듯한 모습이 사다리 위에서 보였다.

이럴 때 나는 초능력이 생기는 것 같다.

사다리에서 풀쩍 뛰어내려 한달음에 달려가 보니 커다란 말벌이 담덕이 코를 공격하고 있었다. 워낙 벌들이 많은 정원이라 그러려니 할 텐데 담덕이도 이렇게 큰 벌은 처음이었을 거다.

급한 마음에 장갑으로 벌을 세게 쳐서 떨어뜨린 후 밟아 버렸다.

놀란 담덕이를 안아 주다 보니
벌에게 미안해서 바질 잎에 고이 올려
하늘나라로 보내며 기도해 주었다.

담덕이가 꽃과 허브 향을 많이 맡으니
초콜릿 같은 담덕이 코에서 향기가 났나 보다.

2022년 6월 17일

엄마아~~
어엄…마
엄_마?
엄마^^
엄마…

　현관에 들어서는 모습만 보아도 아이의 마음을 읽을 수 있고, 휴대폰 너머에서 나를 부르는 목소리만 들어도 아이의 기분을 알 수 있다.

　작은아이가 하고 싶은 일을 찾아 여섯 번의 과정을 좋은 성적으로 통과하고 합격했다. 버스가 다니지 않는 곳에서 자란 이 아이가 대학 졸업 후 대학원도 가고 유학도 가서 좀 더 여유로이 세상과 닿길 나는 원했었다.

　그런데 육군본부에서 군 생활을 하고 제대한 아이는 조심스러워하면서도 단호하게 자신의 생각을 밝혔다.

　어릴 때부터 나와 국내외를 다니며 보디가드도 되어 주고 통역도

해 주었던 아이에게 농부가 참 좋은 직업이라고 압력을 넣었었는
데… 어쩌겠는가ㅎㅎ

나는 삶의 형태가 중요하다고 생각한다.
담덕이를 자연 속에서 자유로운 삽살개로 키우며
지금 이 삶의 모습들을 내가 만들어 왔듯
작은아이도 소망하는 삶의 모습들을 스스로 만들어 가겠지.
그 아이가 만들어 갈 삶의 형태에 겸손함이 가득하고
그릇된 사치가 없을 거라는 걸 알기에 기특하다.

언제든 엄마~~를 부르며
나에게서 자연의 품을 얻어 갈 수 있게
지금 내 삶의 모양을
더 깊이 있는 아름다움으로 매만지려 한다.

2022년 6월 21일

꽃 핀 램스이어lamb's ear 사이에서
담덕이가 웃고 있었다.

장마가 오기 전에 스카이 룸sky room 지붕
보수하며 페인트칠 하느라
큰아이는 땀에 젖었다.

며칠 전부터 고양이들이
밥 먹으러 안 나타나 궁금했는데
담비 때문이었다.
어디선가 나타난 담비가
달문 주차장을 즐겁게 뛰어다니고 있었다.

오늘 아침에는 담비가
우편함 옆에 만들어 둔 나무집 굴뚝을 흔들고 있었다.
아마 그 굴뚝 안에 벌들이 집을 지은 거겠지.

고양이들을 두렵게 하는 담비도
담덕이가 쉬하러 나가면
대나무 숲으로 줄행랑을 친다.

모든 게 자연스럽다.

담덕이가 공놀이를 하다가
수돗가나 물뿌리개 앞으로 가서 기다리면
목이 마르다는 거다.

형아가 식물들에게 물을 줄 때면
달려와 호스에서 나오는 물을 아주 달게도 먹는다.

오늘 밤부터 장맛비가 온다는데
예쁘게 핀 장미와 라벤더가

잘 견뎌 낼 수 있을까?

습기에 까다로운 제라늄geranium은 실내로 옮겨 두어야겠다.
소프워트soapwort는 라일락 열두 자매들 아래에서
무리 지어 대가족을 이루었다.

장맛비에 쑥쑥 올라올 풀들을
틈틈이 뽑아야겠다고 생각하니
손목이 벌써 욱신거리는 듯하다.

담덕이가 오기 전 외부 활동을 많이 했을 때에는 해외 어디를 가든 내 손에 들린 삼성 휴대폰이 자부심이었다.

그 자부심에 때로는 약간 티 나게 삼성 애니콜을 들고 다니기도 했었다.

남편은 신제품이 나올 때마다 말짱한 나의 휴대폰을 바꾸어 주고 싶어 한다.

이번에도 그 정성을 받아들여 삼성 갤럭시 S22로 바꾸었는데….

21세기가 버거운 나에겐 예전의 휴대폰들이 더 정이 가서 결국 S22는 여유분으로 모셔 두고 S8로 역주행한다.

아날로그가 익숙한 나에겐 S8도 벅차다.

그런 나를 이해해 주는 남편의 넉넉한 미소가 든든한 울타리가 되어 주니 오늘부터 시작하는 6월의 휴가가 더 편안하게 느껴진다.

벚나무 그늘 아래 테라스에서 여유로이 브런치도 즐기고 시간을 잊은 채 정원 일을 하다가 장미와 얼굴을 마주한 담덕이의 모습도 휴대폰에 담아 본다.
생각을 내려놓은 채 바람을 스쳐 보내니 휴가가 제대로 와 닿는다.

2022년 6월 27일

어렸을 때부터 채식 위주였지만 치즈와 어묵, 돈가스는 예외였다. 힘이 없거나 사랑받고 싶을 때 가끔 돈가스가 먹고 싶어진다.

허브로 만든 우리만의 마법 가루를 넣어 만드는 돈가스가 제일 맛있지만 한 번씩 볶음우동이랑 같이 먹으려고 외식을 하는데 그때마다 차 안에서 기다리는 담덕이가 신경 쓰여 잘 보이는 곳에 차를 주차한 후 서둘러 먹고 포장해 오는 편이다.

그나마 장마철이라 비가 오다 말다 바람이 불어 오늘은 덜 더웠을 담덕이가 열어 놓은 차 지붕 위로 얼굴을 살짝살짝 내밀며 바람을 느끼고 있었다.

ㅎㅎ 너는 어찌 그리 귀엽다냐~

집으로 돌아와 포장해 온 돈가스 한 조각을 접시에 담아 주었더니
잘 먹는다.

더 많이 주고 싶어도 담덕이의 건강을 위해 참아야 되고 담덕이에
게 주고 싶은 요리를 포장할 때면,

양파가 들어갔나요?
아보카도와 포도씨유를 사용하진 않았나요?

확인해야 하기에 조심스럽고 번거롭지만 우리를 온전히 신뢰하는
담덕이가 맛있게 먹는 걸 보면 흐뭇하다.
남편은 횟집에 들를 때마다 담덕이를 위한 광어를 따로 주문한 후
끓는 물에 살짝 데쳐서 준다.

저녁에 담덕이와 집 위쪽 부인사 방향으로 가벼운 산책을 하노라
면 잔잔한 행복이 마음속에서 노래를 부른다.

2022년 6월 29일

경주에 가면 내가 세상에서 제일 좋아하는 담장이 있다.

정겨운 그 담장 건너편으로는 개울이 흐르고 그 담장을 따라 담덕이와 차분히 산책할 수 있는 오솔길이 있다.

참 괜찮은 부부가 경주에 있는 이 동네로 이사할 계획이라 알려 준 곳인데 한옥에 살고픈 나는 그 담장을 보며 담장과 어울리는 삶을 끝도 없이 머릿속으로 그려 본다.

그 부부에게서 『내가 틀릴 수도 있습니다』란 책을 선물 받아 읽어 보니 선물해 주신 분들만큼이나 책이 와 닿는다.

연필로 밑줄을 그으며 읽다가 연수원에 들어간 작은아이가 생각나 더 주문했다. 책 좋아하는 아이에게 내가 공감하는 삶의 느낌을 줄 그어 선물하려 한다.

성공과 행복은 다른 것이니까요(p.23)

떠오르는 생각을 거르지 못하고
다 받아들일 때, 우리는 지극히
연약한 존재가 되어
수시로 상처받습니다(p.60)

인생의 의미는 당신의 선물을 찾아 나누는 것(p.233)

이 책을 쓴 나티코(지혜가 자라는 자)에게 감사함을 전한다.
　생각을 내려놓은 채 지구를 다녀간 하나의 삶이 지금 이 세상을 살
며 가끔 멈춤 해 버리는 나의 버거운 순간들에 맑게 흐르는 시냇물
소리를 들려주었다.

기쁨이 잔잔한
노래를 부르도록

고마운 인연이

행복한 우연을 불렀다

출근하시기 전 잠깐 들르시겠다는
이웃분의 연락은 행복이 전해지는 순간이다.
세수하지 않은 얼굴에 모자를 눌러쓰고
슬리퍼를 신은 채 후다닥 달려 나가도 반갑다.

정원에서 키운 백합과 라벤더를 들고 오셨다.
보리지borage꽃을 통에 담아 오셨다.
사용해 보니 좋아서 주고 싶었다는
모기향을 들고 오셔서 큰아이에게 설명해 주셨다.

담덕이가 심한 까칠함으로 왈왈왈 반겨 드려도
다 이해하신다는 분들.
담덕이는 가져오신 백합 향을 좋아라 했다.

7월의 첫날 아침을 이리 열어 주신 분들 덕에
무더운 여름날이 살짝 예뻐 보인다.

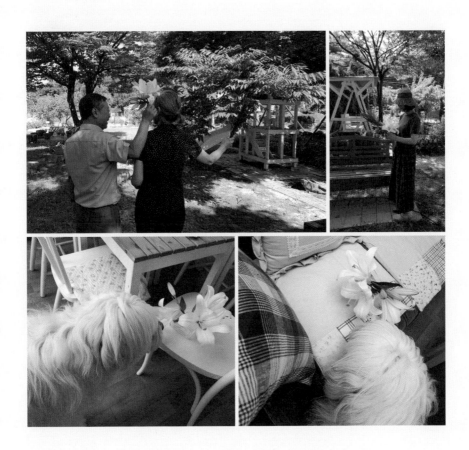

2022년 7월 4일

오레가노 향이 너무 진했나 보다.

지난번에 오레가노 향을 맡은 후 코를 향해 혀를 날름거렸던 담덕이가 이번에는 약간 떨어져서 향을 맡더니 고개를 돌려 장미 곁으로 가 버렸다.

와일드 마조람wild marjoram이라고 하는 오레가노는 토마토소스, 육류, 생선, 채소 등 요리에 폭넓게 이용되는데 스위트 마조람sweet marjoram보다 향이 강하다. 나는 오레가노를 건조시켜 향이 조금 부드러워지면 요리에 이용한다.

해마다 6월이면 어김없이 나타나 인사를 하던 꺼비(두꺼비)가 올해는 아무리 기다려도 나타나지 않아 마음이 쓰였었다.

오늘 아침에 두꺼비가 나타났지만 아무리 봐도 우리의 꺼비는 아

니었다. 담덕이도 옹달샘 언어로 우리의 꺼비가 아니라고 웅얼거
렸다.

　마른장마라 새로 나타난 두꺼비도 힘들 것 같아 시원한 물을 바닥
에 흘려주며 우리의 꺼비를 추억했다.

　꺼비야.

　20년 가까이 변함없는 친구였었지.

　해마다 초여름이 다가오면 어디선가

　엉금엉금 기어 나오던 너를 늘 기다렸었어.

　하늘나라로 간 것 같은데 우리에게 너는

　세상에서 제일 멋진 두꺼비였단다.

　우리의 꺼비는 평온하게 죽음을 받아들이며

　이 세상과 이별할 때 우리와 함께한 순간들을 떠올렸을 것 같다.

2022년 7월 6일

지난밤 테라스에서 새가 움직이지 않고 있었다.

안녕? 하고 인사하는데 눈빛이 애처로워 보였다.

자기 전 쉬야하는 담덕이가 나와서 옹달샘 언어로 인사해도 그대로라 어딘가 불편하다는 걸 알 수 있었다.

남편이 새를 손에 담아 옮기는 동안 나는 플라스틱 모종삽에 새가 마실 물을 담았다. 그때부터 마음이 바빠졌다.

혹시나 모를 장맛비로부터 안전하게 해 주려고 구석진 처마 아래에 모아 둔 화분들 사이에 자리를 잡아 보호막을 만들어 주었다.

2층 안방 창문 아래에 둔 그 새가 밤새 궁금했었다.

날이 밝자마자 사과 두 조각을 들고 새를 찾아갔다.

어라… 조금 기운을 차렸구나. 움직임이 있네, 다행이다.

다시 안녕? 얘는 담덕이야.
담덕이가 좋아하는 사과를 너에게 주려고 가져왔단다.

담덕이가 살구나무 옆에 응가하고 오는 동안 새가 보호막 밖으로 나와 있었다. 조금 더 쉬었다 가도 되는데 담덕이가 무서웠나 보다.
잘 날지 못해서 콩콩~ 뛰듯이 걷는 모습을 장미가 보고 있었다.
지난밤에 이 새가 외롭지 않게 장미가 친구 해 주었던 거구나.

잠시 후 기운을 차렸는지 새가 저속 비행으로 날아갔다.
자유롭게 잘 가~~
자작나무와 느티나무 위에서 친구들과 재잘재잘 수다를 떠는 너이길 바랄게.

2022년 7월 8일

끝나는 것이 새로운 시작일 수도 있다는 생각을 가끔 한다.

9년 동안 누워만 계시다 하늘나라로 가신 외사촌 오빠의 장례식장에 가면서 에키네시아echinacea를 꺾어 가고 싶었다.

남편이 고개를 가로저었다.

나는 네 마음의 형태를 알기에 이해하는데 다른 분들의 생각은 다르잖아.

지극정성 남편의 병수발을 한 외사촌 새언니는 무더운 여름날의 소나기가 지나간 듯한 모습이었다.

내가 좋아하는 노래 3곡을 틀어 주길 부탁하면서 마흔넷에 유언장을 써서 금고에 넣어 둔 나는, 내가 사랑하는 9월에 죽을 수 있을까?

주차장에서 기다리고 있다가 우리를 보고 활짝 반기는 담덕이의 얼굴이 에키네시아 꽃 같았다.

늦은 밤 구미에서 집으로 돌아오다가 남편이 급하게 차를 세우더니 내려 보라고 했다. 길바닥에 빗물이 고여 있는데 하트 모양이었다.

　네가 좋아하는 하트. 그래서 나도 좋아하는 하트.
　네가 좋아하는 비. 그래서 더 좋아하게 된 비.
　아까 에키네시아 꽃말을 찾아보았더니 영원한 행복이더라.
　스텔라, 내일 에키네시아 가득한 우리 집 정원에서 담덕이와 산책
하자.

　아침에 눈을 뜨니 비가 내리네.
　간만에 참 시원하다.

2022년 7월 12일

비가 그친 후 벨가못bergamot은 더 화려해 보인다.

비 내리는 동안 산책을 못 했던 담덕이는 정원에서 여러 친구들과 인사를 하며 이른 아침의 시원하고 신선한 바람을 즐기는 듯 하늘을 향해 코를 벌름거리더니 벨가못 앞에서 멈추었다.

오늘은 장미가 벨가못을 질투할 것 같다.

벨가못은 미국의 오스웨고강 유역에 살고 있던 아메리카 인디언들이 오래전부터 건강차bergamot tea로 마셨는데, 미국 독립전쟁의 불씨가 된 사건 중 하나인 1773년 보스턴의 티파티Boston Tea Party 때 영국에서 건너간 이주민들이 영국차(홍차)를 보이콧하면서 이 오스웨고차oswego tea를 마셨다고 한다.

천연 방부제이면서 향신료인 티몰 성분이 있는 벨가못은 꽃과 잎 모두에 벨가못 특유의 오렌지 향이 있다.

허브의 꽃 중에서 드물게 화려한 벨가못이
7월의 아침을 장식하고 있다.

오늘 밤 치맥을 함께하실 분들과 마실 아이스 허브티를 만들기 위해 레몬버베나를 잘랐다.

물론 운전을 위해 맥주를 포기하시는 분들을 위한 아이스티로 진하게 만들지만 치맥을 즐긴 후 여유로이 마시는 시원한 허브티는 매력적이라 여태 다들 좋아하셨다.

몸과 마음이 재충전되는 듯한 상큼한 레몬버베나에 페퍼민트 peppermint와 로즈마리, 레몬그라스lemongrass와 라벤더, 스테비아 stevia를 적절히 섞은 후 우려내어 얼음을 띄우면 무더운 여름밤이 로맨틱해진다.

레몬버베나는 담덕이도 좋아하는 허브라 한 번씩 아주 맛나게 먹을 때가 있다. 수박을 씻는데 담덕이가 벌써부터 꼬리를 흔들고 있다.

그치 그치~~
담덕이는 수박도 좋아하지.
너부터 조금 잘라 줄게.

근데 담덕아.
오늘 밤에 너는 치킨의 유혹으로부터
자유로울 수 있을까?

2022년 7월 16일

대지를 태워 버릴 듯 뜨거웠던 낮의 열기가 수그러들었다.
오후 7시를 지나면서 산속 여름밤의
시원한 매력이 뿜어져 나왔다.

각자 준비해 오신 치킨, 빵과 피자에
맥주와 수박, 아이스 허브티가 어우러졌다.

시원한 바람에 복잡한 생각들을 비워 버리고
음악을 들으면서 별것 아닌 수다에 까르르~ 웃다 보니
어느새 자정이 가까워졌다.

양껏 먹고 싶은 치킨을 참으며 기다려 준 담덕이도
이제 자러 갈 시간이구나.

다들 서로에게 고마워하며
굿나잇~~ 즐거웠다.

2022년 7월 19일

    7월 말 8월 초에는 여름이 10분의 15만큼
와 닿아 숨이 턱턱 막힐 때가 있다.

    여름이 10분의 8만큼 느껴지던 지나간 토요일에 다녀간 소녀가 있
었다. 그날의 느낌처럼 정원의 수국이 무더위에 지치지 않은 채 파
스텔 톤으로 와 닿던 날이었다.

    야무지게 생긴 여자아이가 가게에 들어서는 순간, 어떤 기억이
떠올랐다. 카메라를 들고 다니시던 아빠와 함께 다녀갔던 아이. 작
년 어느 날에는 제라늄을 보고 싶다고 말해 정원에 데려가 보여 주
었었지.

    내 기억으로는 세 번째 만남이었다. 올 때마다 허브에 대해서 묻
고 또 묻던 아이가 이번에는 손에 허브에 대한 책을 들고 왔다.

    순간『허브 대백과사전』을 쓰셨던 최영전 박사님이 생전에 여러 번
허브에 대한 책을 스텔라 스타일로 집필하자고 제안하셨던 게 떠올
랐다. 허브와 관련된 책들은 이미 많이 나와 있기에 나까지 써서 지

구에 부담을 줄 필요는 없다고 그때 생각했었다.

근데 이 아이가 들고 온 책을 훑어보면서, 아~ 이보다는 다르게 전달할 수 있는데 하는 생각이 들며 최영전 박사님이 굳이 나에게 권유하신 어떤 뜻이 이해가 될 듯했다.

강아지도 좋아한다는 아이에게 담덕이의 두 번째 책을 선물해 주었더니 이름과 나이, 연락처를 적어 주면서 멀리 청주에서 아빠가 대구에 일하러 오실 때마다 우리 집에 오고 싶어서 따라오는 거라고 말했다.

꼭 이렇게 살고 싶어요, 이 집을 사고 싶어요, 라고 말하던 덩치 작고 어린 소녀가 나에게 커다란 응원의 힘을 주고 갔다.

그 아이가 말한 이렇게~~에 보이는 것뿐만 아니라 느낌만으로도 울림이 있는 삶으로 전달되도록 나는 더 맑아져야겠구나.

2022년 7월 20일

오후 2시.
소파에서 낮잠을 청하려던 담덕이가
찌뿌둥하게 눈을 떴다.
서든리가 왔나 보다.

담비가 머물던 한동안은 고양이들이 나타나지 않았다.
안 보여서 걱정했었는데
어디선가 담비의 동태를 살피다 왔나 보다.

야로우yarrow는 뜨거운 태양 아래에서
더 화려해 보인다.

비타민과 미네랄이 풍부한 야로우를
내일 아침 샐러드에 올려야겠다.
썰어서 샐러드에 넣어 빵과 민트티와 함께 먹으면

여름날의 아침이 싱그러워진다.

서든리의 등장으로 낮잠을 깬
담덕이의 뒷모습이 야로우 너머에 있다.

직접 재배한 라벤더를 스텔라에게 선물하려는 재계 언니를 위해 라벤더의 줄기를 하나하나 잘라 한 움큼 만들어 주신 김 교수님의 라벤더는 언제나 단아한 재계 언니이고, 그 라벤더를 받고 좋아라 하는 스텔라의 라벤더는 바라만 봐도 편안해지는 담덕이다.

천둥이 치고 비가 세차게 내리는 날이면 담덕이의 라벤더는 남편이 된다.

갑자기 천둥소리가 요란해지면 남편 작업실의 책상 뒤편 아주 좁은 공간에 비집고 들어가 있다가 우르르 쾅~ 소리가 멈추면 방향을 바꾸지 못할 만큼 좁은 틈 사이를 용케 뒷걸음질로 빠져나온다.

엉덩이만 보이는 담덕이의 뒷모습이 참 귀엽다.

누구에게나 라벤더 같은 존재가 있고 라벤더 같은 순간이 있다.

무더운 날 선물처럼 소나기가 내리면, 큰아이는 샤워기를 틀어 놓은 것 같다며 티셔츠가 몸에 달라붙으며 물이 주르르 흘러내리도록 그 비를 반갑게 즐긴다.
　그때가 라벤더 같은 순간이다.

　한차례 시원한 소나기가 내리고 나면 무더웠던 세상이 잠시 평정되는 듯하다. 그래서 나는 소나기를 추앙한다.

　한 번씩 열불 터진다는 담덕 아부지가 레몬그라스와 민트를 섞어 시원한 차를 만들어 달라고 할 때마다 나는 라벤더를 살짝 섞으며 주문을 건다.
　내가 소나기가 될 수 있기를ㅎㅎ

담덕이의 공놀이를 홍홍 여사님이 바라보고 있다.
홍홍 여사님은 105살 된 배롱나무다.

100살 되던 해에 우리 집에 왔다. 그날을 또렷이 기억한다. 밤새
창문을 열어 그 우아한 자태에 감탄했었으니.
101살이 되던 해에는 떠나온 곳의 친구들이 그리운 듯 나뭇잎 하
나 보여 주지 않은 채 웅크리고 있었다.
102살에는 우리의 염려와 관심을 이해하는 듯 소나무와 라벤더와
친구가 되는 듯했다.
103살에 드디어 나뭇잎을 조금 보여 주었다. 그것만으로도 감사
했다.

104살에는 꽃을 조금만 보여 주었다. 우린 마구마구 칭찬해 주었다.

105살이 된 올해에는 아름드리 풍성한 꽃을 피웠다. 우리는 그 곁을 지나칠 때마다 고마워^^ 사랑해 속삭인다.

덜 더운 아침 시간에 놀아 달라며
입에 공을 물고 기다리는 담덕이를
홍홍 여사님이 사랑스럽게 지켜보고 있다.
이것으로 충분히 행복하다.

2022년 7월 27일

산속 밤의 기운을 저장해 둔 아침은 태양 아래에서도 어느 정도 시원하다. 대나무 숲에서 불어오는 바람까지 더해지면 오전 11시까지는 무더운 여름이라고 생각되지 않는다.

그러니 일찍 일어나 서둘러 서너 시간 정원 일을 하고 낮 시간을 느리게 보낼 수 있어야 한다.

빨래를 탁탁 털어 햇살빨래(우리 집 빨래 너는 곳)에 널면 마음까지 개운해진다.

빨래를 널다 어떤 시선이 느껴지는 듯하여 주위를 둘러보니, 주차장 지붕 아래에 세워 둔 큰아이의 차 위에 서든리가 올라가서 보고 있고, 햇살빨래 아래에서는 올해 새로 나타난 두꺼비가 있다.

담덕이는 산책 후 누워 있던데…ㅎㅎ

장마에 눅눅해진 쿠션이랑
담덕이가 닦았던 도톰한 수건이랑
담덕 아부지의 발가락 양말이랑
얍~~ 뽀송뽀송해져라.
얍~~ 모두모두 더 행복해져라.

시계를 보며 시간을 확인하지 않는다.
그저 자연이 알려 주는 대로 시간을 느끼며
정원 일을 욕심껏 해도 된다.
휴가의 매력이다.

담덕, 덥지?
신선한 페퍼민트 향을 맡아 보렴.
기분이 상쾌해지며 잠시 더위가 잊힐 거야.
우리가 자른 페퍼민트 생잎을 데운 우유에 넣어 두었다가
늦잠 주무시는 아빠의 피로를 날려 드리면 무척 좋아하실 거야.

자, 이제 씻고 천천히 그림책을 보며 같이 뒹굴자.
제대로 쉼이 있는 휴가를 누리자, 우리.

2022년 7월 31일

어쩌다 지나치며 잠시 바라만 보았던 바다를 담덕이에게 느리게 보여 주고 싶었다.

동촌 유원지에서 형아들이랑 금호강변을 따라 산책하는 내내 담덕이는 아주 신난 표정이었다.

아양교 아래에서 오리배에 태우니 경계하는 듯하더니 이내 바람을 가르며 물 위를 떠다니는 모험을 즐겼다.

그래서 다음 날 울진에서 고교 수학 선생님을 하는 외사촌 동생네로 향했다.

집 뒤편으로는 오래된 소나무가 병풍처럼 둘러져 있고 아담하고 예쁜 집 앞 10분 거리에는 고즈넉한 바다가 있다.

부서진 조개껍질에 담덕이의 발바닥이 다치지 않도록 조심하며 걷는데 동생 부부가 모래 위에 돗자리를 깔아 주었다.

담덕이가 바다를 향해 누웠다.

담덕이가 바다를 찬찬히 바라보고 있다.

박수호 선생님과 애주 씨가 텃밭에서 직접 키운 채소들로 만들어 준 부침개와 칼국수를 먹으면서, 바다를 바라보던 담덕이의 뒷모습이 애잔했다고 생각되었다.

　순간 담덕이의 나이가 내 가슴에 와 닿으며 담백한 칼국수의 맛을 잊은 채 젓가락만 움직이고 있었다.

8월

설렘 가득한 달의
전야제

고마운 인연이

행복한 우연을 불렀다

2022년 8월 3일

―――――――――○

갱년기라서 그렇겠지.
여름밤이 시원한 산에 살다 보니
꺼내 본 적 없던 삼베 이불이 불현듯 떠올랐다.

엄마가 손수 만들어 주신 삼베 이불 다섯 채와
베개 커버에 삼베 셔츠까지 다 꺼냈다.
장롱 깊숙이 모셔 두었던 거다.

엄마가 돌아가시기 전 담덕이를 위해 만들어 주신
삼베 이불 한 채는 여름철마다 깔아 주었더니
낡고 해져서 꿰매고 덧대어 쓰고 있다.
여태 여름에도 도톰한 이불을 덮고 지냈는데
올해는 6월부터 삼베 이불이 생각났다.

정원에 갱년기에 좋은 센트 존스워트St. John's wort가 있다.
예수님께 세례를 주었던 세례 요한에게 바친
이 꽃은 개나리가 생각나는 예쁜 노란색으로

우울증과 불면증, 신경통에 좋은 약초다.

남편이 약국에서 갱년기에 좋은 약을 사 왔는데
이 약 성분에 센트 존스워트가 들어 있다.

어쩌면 나는 엄마가 만들어 주신 삼베 이불에서
센트 존스워트의 약효를 받고 있는지 모르겠다.
가슴 저리게 그리운 순간들이 뜨뜻했던 말들과 함께
삼베 이불 위에 펼쳐지는 듯하니.

2022년 8월 8일

8살에 아버지가 하늘나라로 떠나버린 며칠 후 아침에 일어나 보니 어머니마저 떠나가 버린 소년이 있었다. 그 소년은 무지 외롭고 무지 가난했지만 바르게 잘 자랐고 성인이 되어 사랑하는 그녀를 만났다.

어느 날 그녀가 물었다.
생일이 언제예요?

어른 소년은 자신의 정확한 생일을 몰랐다. 생일 축하를 받아 본 기억도 없고 주민등록상의 숫자는 왠지 낯설게 느껴졌기 때문이다.

그녀가 생일을 만들어 주었다.
8월 8일이에요. 팔팔하게 건강한 삶을 만들어요.

그녀와 결혼해서 두 아들의 아빠가 된 소년은 해마다 8월 8일이 되면 사랑이 가득한 생일을 맞게 되었다.
소년이 중년이 되었을 때에는 삽살개 담덕이까지 늦둥이의 애교로

생일을 축하해 주었다.

　이제 오십이 훌쩍 넘은 그 소년의 생일이 오늘이다.

　담덕 아부지가 좋아하는 루이보스에 레몬버베나를 섞어 차를 우리고 우유 케이크 위에 블루베리로 하트를 만들며 멋진 오늘을 시작한다.

　성인이 된 아들의 감사합니다 봉투에는 현금이 들어 있을 테니, 스텔라는 원하지 않아도 마구마구 책을 읽어 드리는 신기한 쿠폰을 선물하리다ㅎㅎ

장미를 위해 비를 맞으며 잡초를 뽑아도 좋았다.
사람들의 환경 파괴에 기겁한 지구가 무서운 폭우를 퍼붓는 곳이 있다니 마음은 무거웠지만.

잠시 열어 둔 창문으로 매미가 들어와 있다.
가까이에서 매미를 처음 본 담덕이는 호기심 가득 친구야 하고 있다.
근데 매미가 꿈쩍을 않네.
여름이 가고 있는 걸 이 녀석은 알고 있었던 거야.

오래전 청송에 있는 할머니 댁에서 여름방학을 보내다가 광복절이 되면 그곳 초등학교에 가서 광복절 기념식에 참석했다는 확인표를 받아 두었다가 방학이 끝나면 학교에 제출해야 되던 때가 있었다.
먼지가 풀풀 나는 비포장도로를 걷고 블라우스가 땀에 흠뻑 젖었지만 기억 속 그 여름은 지금보다 더 쨍쨍한 기운을 가지고 있었다.

　자연은 자연스러워야 한다.

　며칠 전 달문(보름달이 잘 보이는 문) 입구에서 마주쳤던 아기 뱀
을 보고 놀라면서도 반가웠던 건 자연 속에서 같이 존재하는 소중한
생명이 귀하기 때문이었어.

　자연이 건강해야 지구가 튼튼해지고 우리도 제대로 살 수 있다.

　생태계가 바르게 유지되도록 우리가 나서야 하는데….

2022년 8월 17일

늦여름의 더위쯤이야 무시해 버리는
바람이 불어오면
가을 하늘이 펼쳐질 듯하다.

비 그친 대나무 숲에서 서든리는
담덕이가 집 안으로 들어가길 기다리고 있다.
얌전한 다알리아dahlia가 예쁜지
담덕이는 그 앞에서 웃음을 감추지 못하고 있는데ㅎㅎ

히비스커스hibiscus 4
로즈힙rose hip 3
로즈rose 1.5
스테비아 1.5를 블렌딩하면
담덕이의 웃음이 될까?

2022년 8월 21일

이웃분이 몽블랑을 다녀오시면서 프랑스에서 사 오신 따뜻한 털모자와 크로커스crocus 구근을 선물해 주셨다.

지난밤에 같이 저녁을 먹으면서 몽블랑 둘레길의 감흥을 전달해 주신 것만으로도 고마운데 선물도 마음에 들었다.

짠~

날이 밝자마자 담덕이와 천천히 정원 곳곳을 살펴본다.

손에는 크로커스가 들려 있다.

이곳저곳을 둘러보며 어디가 적당할지 고민해 보는 시간은 즐겁다.

크로커스 심을 자리를 금방 정하지는 않는다. 크로커스에 대해 더 알아본 후 다시 정원을 거닐며 마음에 드는 곳을 정할 것이다.

산과 연결된 정원이다 보니 담장 안에서만 움직이면 되는 정원보다 가꾸기도 힘들고 일도 엄청 많다.

　남편의 요구대로 눈 딱 감고 이사 가서 예쁘게 계획한 정원을 만들면 지금보다 편하겠지만 담덕이와 마음 가는 대로 만들어 어설픈 듯한 이곳에는 자연이 기침하고 하품하는 게 느껴진다.

　그리고 무엇보다 이 땅에서 담덕이는 마음껏 자유로울 수 있다.

　크로커스에 대해 찾아보며 담덕이와 뒹굴뒹굴~

　나에겐 행복한 휴일이다.

2022년 8월 23일

뜨거웠던 8월의 태양을 견뎌 내느라
지쳤을 법도 한데 억세지 않고
부드러운 바질에 감사하며 몇 장 뜯었다.

비 소식이 있기에 급히 발걸음을 옮기다
눈길이 멈춘 수국 옆에
레몬그라스 6 더하기 로즈마리 4의
느낌으로 담덕이가 있다.

어… 차분한 빗방울이다.
오븐의 빵을 기다리는 동안
창문을 활짝 열고 토마토와 올리브오일을 준비하자.
맛있는 치즈와 구운 가지가 있었으면 더 좋았겠다.

바람이 달라졌다.

길게 와 닿았던 여름을 미련 없이 떠나보내며
지나간 것에 연연해하지 않는 바람으로.

결코 차갑지 않게 초가을을 안으며
다가오는 것에 두려움 없이 나아가는 바람으로.

습하고 안타까웠던 기억들을
뽀송뽀송하고 풍성하게 만들어 주는 바람을 느끼며
레몬버베나와 레몬밤, 로즈마리를 건조시켰다.

담덕이는 담덕이의 바람에게서
우리 집 울타리 너머의 소식을 전해 듣는다.
나는 나의 바람에게서
어설픈 생각들을 비우는 법을 배운다.

2022년 8월 29일

어릴 때 명절이 다가오면 명절 준비로 바쁜 와중에도 엄마는 꼭 미용실에 가서서 뽀글 파마를 하셨댔다.

그 생각이 나서 피식 웃으며 나도 미용실을 다녀왔다.

올해는 한가위가 빠르게 있어 들뜬 기분이 벌써 든다.

아이들이 아기 때부터 온 가족이 다녔던 미용실의 김영희 원장님은 참 맑은 분으로 꽃을 좋아하신다.

아침에 정원에서 흰비비추꽃을 잘라 가져다 드렸더니 세련된 화병에 꽂으셨다. 샴푸 후 말리는 동안 같이 일하시는 송 여사님은 부추

132

전을 구워 주셨다.

이곳에 가면 시골 아줌마인 나를 위해 이분들이 준비해 주시는 맛있는 빵이나 떡을 먹으며『행복이 가득한 집』책을 다 훑고 온다.
산에 들어오기 전 살았던 황금동까지 머리 손질을 하러 가는 건 오랜 시간 허물없는 친구가 되어 주는 이분들이 계신 까닭이다.

남편과 있을 담덕이가 집에서 많이 기다릴 것 같아 얼른 돌아왔는데, 아니나 다를까 현관 앞에서 웅얼웅얼~~ 옹달샘 언어를 쏟아낸다.
원장님이 담덕 아부지 드리라고 주신 따뜻한 호일 안에 부추전 두 장이 들어 있다.
그 덕에 또 행복한 하루가 펼쳐진다.

9월
___

바람을 타고
춤을 춘다

고마운 인연이
___
행복한 우연을 불렀다

울타리가 되어 주는 황금측백과 회양목의
모양을 다듬으며 가지치기를 했다.

황금측백나무 아래에서
서든리가 비켜 주지 않아 기다려야 했는데
잠시 후 담덕이의 등장으로
서든리는 얼른 대나무 숲으로 달아났다.

땀을 비 오듯 흘린 후
곁에 있어 준 담덕이까지 씻기고 나면
나를 위한 에너지는 5%쯤 남아 있는 듯하다.

씻은 후 로즈마리 로션을 손등에 더는데

후후후~ 작고 귀여운 하트 모양이다.
순간, 평범한 일상이 특별히 사랑스러워진다.

내가 사랑하는 9월의 첫날이라서 더 그렇겠지.
열한 달을 기다려 만나는 9월은 매 순간
어떤 미소와 어떤 설렘과 어떤 여운으로 다가온다.
때로는 아이보리색으로
때로는 올리브그린과 라벤더색으로.

2022년 9월 2일

준비된 편안함을 거부하고 새로운 도전을 하러 떠나는 청년의 뒷모습을 바라보아야 했다.

익숙한 환경에서는 해결되지 않는 마음의 갈증을 기어이 낯선 세상과 부딪혀 해결해 보려 한다네.

타고 다니던 차를 주차장에 넣어 두고 나의 배려를 정중히 거절한 채 새벽길을 걸어 내려가다 뒤돌아보더니 사랑해요~ 엄마라고 한다.

멋지게 완성된 정원이 더없이 훌륭하지만 땀 흘리고 벌레에 쏘이며 하나하나 나만의 정원을 만들어 가는 나날들도 행복이니.

충족되지 않는 허전함을 바람에 날려 보내지 못하면 어쩌겠는가.

인생을 대신 살아 줄 수는 없잖아.

온전히 만족스런 삶은 머릿속에서 만들어 꿈꾸면 된다고 말하기에는 아직 피가 끓는 20대라…ㅎㅎ

맛있는 포도를 먹으려 해도 마음이 저려 와 밖으로 나오니

평화로운 정원 속 담덕이의 모습이 큰 위안을 주네.

2022년 9월 6일

태풍 힌남노가 지나간 자리에 온갖 종류의 나뭇잎들이 뒤덮였다.
정원의 친구들은 강풍이 휘몰아치던 지난밤을 잘 견뎌 냈다.
꺾여 버린 몇몇 꽃들을 잘라서 꽃병에 꽂으며 나지막이 이름을 불러 주었다.
집 뒤편 창문을 열고 산사태를 막아 준 대나무 숲을 향해 소리쳤다.
고마워, 대나무들아~~

힌남노가 부드럽게 지나가길 같이 기도하며 아침을 맞이한 담덕이가 태풍을 견뎌 낸 정원에 서 있다.
2006년 태풍 개미 때 온실이 무너지고 농원의 형태가 사라져 버렸던 경험이 있는 나는 태풍의 뒤끝을 잘 알기에 조심조심 둘러보는데, 아니나 다를까 도로의 가로수가 쓰러지면서 전신주를 건드려 전기가 나가 버렸다.
전기가 안 들어오니 생활이 멈춤인 듯하다.

떨어진 감을 줍는 데 햇살이 비치네.
그래도 이만하니 다행이다.

2022년 9월 8일

태풍에 쓰러진 나무를 자른 후 말려서 남편이 의자를 만들어 주었다.

맑은 바람을 느끼며 가을 하늘을 닮은 색으로 의자를 칠하는데 마지막까지 쓰임이 있어 주는 나무가 고마웠다.

영혼이 자유로워진 나무가 이 쓰임새에 흡족해하리라.

밑동으로는 뜨거운 티팟tea pot을 위한 받침을 만들고 크기가 더 작은 것은 잘라서 티라이트초tea light candle 받침용으로 쓰기로 했다.

장갑을 끼고 산에서 밤을 조금만 주워 왔다.

겨우내 동물들이 먹을 양식이라 한가위 기분을 낼 정도로만 가져왔다.

가시가 많은 밤 껍질을 발로 밟아 밤을 쏙 꺼내는 아빠가 신기한지 담덕이는 고개를 갸우뚱하며 쳐다보고 있었다.

계절 따라 잔잔하게 흘러가는 일상이 감사하다.

한가위만 같아라.
올리브olive 나무 아래 바질이 풍성하고
센 가시에 담덕이가 다치랴
절벽 끝으로 강제 이주시킨 대추는
알차게 열려 미안한 마음이 들었다.

자연 그대로 키운 사과는
겉모습이 작고 거무튀튀 덜 예쁘지만
껍질이 얇고 아삭아삭 맛있다.
그 사과나무 아래에는

사과의 향이 나는 애플민트apple mint가 가득하다.

모시송편을 먹고 보름달을 보러
담덕이랑 달문(달빛이 환한 문)으로 나갔더니
걸을 때마다 달이 웃으며 자꾸자꾸 따라온다.

담덕, 달이 너도 따라가지?
저 둥근 달이 큰형아의 마음을 환히 비추며
외롭지 않도록 따라가 머물러 주면 좋겠구나.

2022년 9월 13일

시원한 바람이 나뭇잎을 에메랄드로 만드는
햇살과 함께 열어 놓은 창문으로 들어온 후
그네를 타고 싶은 밤을 밀어 주러 나갔다.

서든리는 대나무 숲에서 그 바람을 포근해하며 낮잠을 자고
담덕이는 돌을 모아 경사진 사과나무 아래
둑을 만드는 스텔라를 따라다니고 있다.

휘리릭~~
바람이 담덕이의 단발머리를 찰랑이게 한다.
9월의 순간들이 바람을 타고 춤을 춘다.

2022년 9월 14일

해 질 무렵 대바구니를 들고
담덕이와 느릿느릿 걸으며 사과와 대추와 감을 땄다.

못생겨도 괜찮아.
우리 눈엔 다 담덕이가 좋아하는 예쁜 과일들인 걸.

새들을 위해 나무마다
3분의 2 정도는 남겨 둘 생각이다.
가을을 다 얻은 듯 우리끼리 흐뭇하다.

2022년 9월 20일

예쁜 고양이 서든리는 가끔 6시가 되기 전부터 와서 기다리고 있다.

하루에 두 번 밥을 주는 건 똑같은데 이렇게 일찍 찾아오는 날은 밤새 대나무 숲이라는 익숙한 세계를 벗어나 굉장한 모험을 하고 온 건 아닌지 궁금해진다.

스텔라를 닮아 담덕이도 서든리도 혼자서 잘 논다.

보라색 꽃이 핀 로즈마리 옆에서 혼자 공을 갖고 놀던 담덕이가 나의 발걸음에 얼굴을 들어 해맑게 웃으면 소행성 B612호의 어린왕자가 눈앞에 있는 듯하다.

실수로 일찍 일어난 남편이 태풍 난마돌에 부러진 라일락 가지를 다듬고 있으니 담덕이가 공을 포기하고 다가왔다.

담덕이도 일찍 일어나신 아빠가 신기한가 보다.

이런 우리들의 모습을 어디선가 서든리suddenly가 웃으며 지켜보고 있을 것 같다.

2022년 9월 21일

일하다 보면 손에 땀이 많이 나서 장갑 안에
면으로 된 속장갑을 하나 더 끼고 정원 일을 하기에
꽃을 즐기는 담덕이의 어여쁜 순간들을 보더라도
휴대폰에 얼른 담지 못하고 놓쳐 버릴 때가 허다하다.

어제 도착한 초콜릿색 벽돌을 필요한 곳에 옮기는 동안
담덕이는 공을 물고 뛰어다니고 있었다.
헥헥헥헥~ 숨이 차도록 뛰어다녀도
나뭇잎 사이로 반짝이는 아침 햇살 따라
부드럽게 스치는 산들바람이 함께라 좋구나.

담덕이는 장미에게 예의바르다.
아침에 살구나무 아래에서 응가를 하고
공놀이를 한 후에는 잠시 가쁜 숨을 고른 후

장미에게 다가가 그윽한 눈빛으로 바라본다.

담덕이가 살그머니 다가갈 때 장미가
담덕이가 온다, 담덕이가 온다, 라고 속삭이며
새침한 듯 예쁜 표정을 지으려 한다는 것을 나는 알고 있다.

2022년 9월 23일

머릿속으로는 정리된 오염된 기억을
가슴은 비우지 못하고 있을 때가 있다.
오후 3시에 정원에 와 닿는
9월의 풍경들과
라벤더 같은 담덕이의 편안함이
웅크린 기억들을 희석해 준다.

레몬그라스 5, 페퍼민트 3, 라벤더 2를 섞어 차를 만들고
『제인 에어』의 대사를 떠올리며 나를 돌본다.

나는 나 자신을 돌본다I care for myself.
내가 고독해질수록The more solitary,
내가 혼자가 될수록The more friendless,
다른 이의 도움을 받지 않을수록The more unsustained I am,
나는 나 자신을 더욱 존경하게 될 것이다The more I will respect myself.

— 샬롯 브론테Charlotte Bronte / 『제인에어Jane Eyre』

계절이 지나가는 하늘에는 가을로 가득 차 있습니다, 라는 윤동주 시인의 시 구절이, 보아도 보아도 예쁜 가을 하늘에 뭉게구름으로 그려지는 듯하다.

그리운 그의 그 애틋한 가을에 나의 9월 사랑까지 더해져 친구들과 같이 가을 낮을 보내려고 모였다.

벚나무 아래 테라스에서 과일과 샌드위치를 곁들인 소박한 티타임으로 시작했는데 담덕 아부지의 희망사항으로 와인과 치킨이 추가되었지만 이런들 저런들 어떠랴, 벅찬 가을인 걸.

깔깔깔 수다와 커다란 웃음, 경주 친구의 고급진 노래 선물에 같이 어울린 담덕이도 즐거워했다.

여운을 담아 뒷정리를 하는데, 그믐밤 반딧불은 부서진 달조각이라는 윤동주의 동시가 이 밤에 반짝이는 듯하다.

2022년 9월 27일

느긋한 휴가가 고마운 이유 중의 하나는 느린 요리를 할 수 있어서다.

9월의 휴가 동안 정원에서 소풍처럼 점심을 먹고 싶다는 남편의 뜻을 존중해서 어제도 오늘도 김밥을 말았더니 이 아저씨가 웃음을 터트렸다.

휀넬fennel차로 만든 스텔라표 김밥 점심의 대가는 녹록지 않다.
황금측백을 다른 곳으로 옮긴 자리에 울타리를 만들어 주어야 했으니까.

옆에서 담덕이가 아빠를 응원하는 동안 꽃을 잘라 꽃병에 꽂는 스텔라를 보더니, 입안 가득 가을바람이 들어가 볼이 풍선처럼 부풀도록 남편이 또 웃어 버리네.

어때, 맛있지?
바질 향 나는 9월의 바람이
내 김밥만큼~~

───────────────────○

서든리가 사는 대나무 숲은 담덕이에게 미지의 공간이다.

멧돼지와 뱀, 그 외 어떤 뾰족뾰족한 위험이 있을지 모르니 그 공간에 절대 들어가면 안 된다고 담덕이에게 단단히 주의를 주었었다.

호기심 가득한 얼굴로 대나무 숲 입구를 멍하니 바라보며 나의 눈치를 살피는 담덕이를 그동안 여러 번 보았었다.

장독대 옆 키친가든에 벽돌을 깔면서 파와 고추, 상추 자리를 정비하는 동안 가까이에서 공을 갖고 놀던 담덕이가 보이지 않았다.

담덕, 담덕~~

부르면 금방 달려오는데 이번엔 아니다.

모든 걸 멈추고 컴퓨터 앞에서 바쁠 남편까지 호출되어 담덕이를 찾아 허둥지둥 나섰는데 대나무 숲에서 응얼응얼, 쿵쿵~ 소리가 난다.

아니 이 녀석이.

지난번에 고라니가 부러진 대나무에 찔려 죽은 걸 묻어 준 적이 있었기에 눈앞이 캄캄해졌다.

더더구나 우리의 보호막 안에서 자란 녀석이 겁도 없이.

남편이 담덕이를 찾아왔다.

사실 나는 두려웠다. 담덕이가 앨리스의 토끼라도 만나 사라질까 봐.

무사히 돌아와서 다행이었지만 큰 소리로 혼을 낸 후 꼭 안아 주었다.

담덕이에게 대나무 숲은~~

눈이 내리면 나니아로, 햇살이 잔잔한 날은 이상한 나라의 앨리스에게로, 바람이 불면 대나무 빗자루를 타고 해리포터를 만나러 가는 통로일지도 모르겠다.

어쩌면 서든리도 환상의 세계에서 다녀가는 고양이일까?

그냥 우리끼리 이러고 살자, 담덕아.

2022년 9월 30일

　9월에는 36.7kg인 담덕이와 자동차 여행을 많이 다녔다.
　속초까지 쉬지 않고 가도 끄떡없던 아이가 경주나 안동을 가도 힘들어하면, 속도를 줄이고 뒷자리에 같이 앉아 물을 챙겨 주며 편히 누울 수 있도록 무릎베개를 해 주었다.

　9월에는 담덕이와 낮잠을 많이 잤다.
　같이 하늘을 보며 구름과 얘기 나누다가 창문을 열어 둔 발코니에서 바람 소리를 들으며 털북숭이 담덕이를 안은 채 스르르 단잠에 빠진다.

　9월에는 담덕이와 해 질 녘 산책을 천천히 오래 즐겼다.

166

아침에 정원 일을 할 때 서두르는 나의 움직임을 따라 뛰어다니던 모습과는 다르게 해 질 녘에 정원을 산책할 때면 담덕이가 천천히 내 발걸음에 맞추어 나란히 걷는다.

9월의 설레는 순간들을 함께한 담덕이와
9월을 배웅할 수 있어서 다행이다.

2022년 9월. 안녕good bye.
내년에는 더 반가울 거야.

10월

깊이
사랑했는걸

고마운 인연이

행복한 우연을 불렀다

　프랑스 꽃예술 전문학교 피베르디 코리아의 김영주 선생님 꽃전시
회에 다녀왔다.
　꽃으로 세련된 감성을 보여 주시는 김영주 선생님은 만나자마자
담덕이가 왔는지 궁금해하셔서 고마운 웃음이 나왔다.
　해브갤러리의 친절한 관장님이 담덕이를 배려해 주셔서 어여쁜
그곳 정원에서 담덕이도 작품을 감상할 수 있었기에 그것 또한 고마
웠다.

　15년 전쯤 파크호텔 실내에 있던 나무 오브제를 통째로 배달까지
해 주시며 선물로 주셨던 김영주 선생님에 대한 따뜻한 기억이 있다.
　파크호텔은 우리 부부가 결혼한 곳이라 그 나무 오브제를 잘 알고
있었기에 참 고마웠었다.

파크호텔 옆에 인터불고호텔이 생긴 후에는 초등학생일 때 취미로 꽃꽂이를 배웠던 두 아이들과 그곳에 갈 때마다 그곳에 있었던 선생님의 플라워샵을 둘러보는 즐거움이 있었다.

더 세월이 흐른 후에는 손녀 따님과 프랑스에 정착하실 것 같다고 선생님이 말씀하시는 순간, 이미 프로방스의 향기가 전해지는 듯했다.

빨랫줄에 걸린 담덕이의 빨간 양말 위로는 바다 같은 하늘이 펼쳐졌고, 우리가 햇살빨래라고 부르는 그 빨랫줄 아래에는 체리세이지가 있어 빨래가 바람에 흔들릴 때마다 단풍 닮은 얼굴을 한 체리세이지도 덩달아 흔들흔들~~

뜨겁지도 차갑지도 않은 시월의 한낮은 나무들과 꽃들을 춤추게 한다.

벨가못 앞바닥에 있던 벽돌이 부서져 새 것으로 교체하려고 들었다가 기절할 뻔했다. 비명 소리도 나오지 않을 만큼 커다란 지네가 그 아래에서 꿈틀대고 있었으니.

예전에 이곳으로 이사 온 다음 해였던가… 처음 지네를 보았을 때

를 또렷이 기억한다. 오늘 본 것보다 훨씬 작았는데도 기겁해서 아
악~~ 아악아아~~~ 얼마나 크게 소리를 질렀던지 급하게 달려온
남편과 아이들이 그랬다. 나의 비명 소리에 지네가 고막 터져서 죽
었을 거라고.

　왕지네를 보고 오늘도 무척 무서웠지만 옆에서 담덕이가 신기하게
보고 있어 아무렇지도 않은 척 기다란 집게로 집어 절벽 아래에 놓
아주며 말했다.
　너의 모습을 예뻐하는 지네 친구야들이랑 잘 지내고 다시는 담덕
이네 집에 오면 안 된다.

2022년 10월 6일

여리여리한 훼넬을 지나치고
당당한 레몬버베나도 못 본 체했다.

갈대 옆 장미와는 서너 걸음 떨어진 거리에서
살짝 눈인사만 했지만 담덕이가 무례한 건 아니다.

오늘은 다알리아에게 다가가
예뻐라~~ 하며 귀한 대접을 해 주고 싶었던 거니까.

2022년 10월 9일

　20주년이 된 〈2022 서울 달리기 대회〉에 작은아이가 참가해서 10㎞를 44분에 완주했다. 처음으로 청와대를 경유하여 달리는 동안 내리는 가을비가 이 청년은 꿀비 같았다고 한다.

　우물 안 개구리처럼 20대를 보낸 나는 다양한 경험과 도전을 즐기는 작은아이가 참 대견하다.

　형아를 닮은 담덕이도 비가 내리기 전 정원에서 공을 갖고 신나게 뛰었다.

이렇게 좋은 가을날 서든리만 힘없이 걸어가는 게 나의 눈에 띄었다.

이즈음 돌아가셨던 엄마가 생각나면 걷잡을 수 없이 헛헛해지는 마음을 채우기 위해 금방 지은 뜨끈뜨끈한 밥 두 공기를 후다닥 먹으며 그리움이 외로움으로 더해지지 않도록 처방하는 나의 방법으로 서든리에게도 다양한 간식을 챙겨 주었다.

위대한 세종대왕이 1446년에 자랑스런 한글을 만드신 뿌듯한 한글날이 오늘이라 어여쁜 우리말을 골라 얘기해 본다.

사랑옵다 서든리, 밥 먹고 힘내거라~

내가 너의 마음을 아늑함으로 이끌어 줄 수 있으면 좋겠구나.

2022년 10월 10일

　아름다운 마법에 걸려 있다고 생각했다. 1924년에 개교한 임고초등학교에서 100년이 되어 가는 플라타너스 나무들은 암울했던 일제 강점기와 6·25를 견뎌 내고 맑은 얼굴로 장엄한 숲을 이루고 있었다.

　예년보다 빠르게 설악산에 첫 얼음이 얼었다는 오늘의 세찬 바람이 불 때마다 담덕이의 단발머리가 마구 흩날렸다.

　그때마다 웅장한 플라타너스 나무들의 나뭇잎들이 쏟아 내는 보석 같은 이야기들이 담덕이의 머리카락 한 올 한 올에 달라붙는 듯했다.

거인들이 나타나 이 숲을 관리했겠지. 달빛 아래에서 100명이 넘는 착한 마녀들이 빗자루를 타고 날아다니겠지.

숲의 요정들이 별빛을 모아 나무들에게 사랑을 전달했겠지.

이 숲속 학교의 아이들을 위해 하늘을 날며 공간을 마음대로 달릴 수 있는 학교버스를 신나게 운행하다가 텃밭에서 저절로 자란 당근과 로즈마리가 찾아와 요리의 재료가 되고 싶어 하면 그것으로 행복을 만들어 직접 건강한 점심을 만들어 주는 예쁜 스텔라 마법사가 되고 싶어졌다.

부디 사람들의 욕심과 이기심으로 이 아름다운 마법의 공간이 훼손되지 않길 기도하는 마음이다.

2022년 10월 12일

나의 정원 일이 길어지면 담덕이는 공놀이를 하다가 장미에게 친구야 하러 간다. 그래도 끝나지 않아 지겨워지면 다른 친구들을 둘러보다가 뒤돌아서서 등을 보인 채 기다린다.

사랑스런 압력인 것이다. 그럼 나는 대충 마무리하고 담덕이를 부른다. 오래 기다려 지친 날은 얼굴이 뿌루퉁할 때도 있는데 그마저도 무척 귀엽다.

오늘 아침에는 라일락 열두 자매들 중 네 번째와 다섯 번째 친구들이 알 수 없는 덩굴에 휘감겨 괴로워하고 있는 걸 해결해 주고 왔더니 이미 돌아서서 있었다.

그래, 그래.
담덕이가 좋아하는 장미에게 같이 인사하고 들어가자.
샬롯, 안녕?
너의 노란색이 가을에 더 눈에 띄는구나.
담덕이랑 친구 해 주어 고마워~~

장독대 옆 키친가든의 정비를 마쳤다.

2주 정도 걸린 것 같다. 여태 내가 해 온 방법으로 했다.

끝이 납작한 호미로 땅을 고른 후 긴 막대기로 줄을 만들고 고무망치로 땅을 단단하게 다지면서 벽돌을 옮겨 와 깔았다.

그래도 울퉁불퉁한 곳은 다시 호미로 긁어 높이를 맞추면 된다.

몸에 무리가 되지 않도록 하루에 할 양을 정해 놓고 매일 조금씩 해야 했다.

이젠 나이가 있으니 욕심내어 일을 하다가 탈이라도 나면 남편이 포클레인으로 정원을 없애 버리겠다고 으름장을 놓아 마음껏 하지도 못할뿐더러 긴 시간 동안 옆에서 기다리는 담덕이도 배려해야 했다.

키친가든이라 해도 꽃이 섞여 있는 걸 좋아해서 파, 상추, 방풍나물, 바질, 루콜라… 그 사이사이에 다알리아와 데이지, 아스타 등의 꽃들이 피어 있다.

마무리하고 나서 보니 흡족하다.
담덕이도 마음에 드는지 둘러보더니 활짝 웃어 주었다.

2022년 10월 16일

스님들의 산중 장터인 승시가 동화사에서 열리고 있는 일요일이라 팔공산의 도로가 번잡하다.

단풍이 곱게 들고 있는 이리 예쁜 날 드라이브하고 싶은 강한 유혹이 있었으나 파계사와 동화사의 중간에 위치한 집 앞 도로가 엄청 막히는 것을 알기에 여유로이 정원 일을 하면서 휴일을 보내기로 했다.

모자란 잠을 보충하는 남편이 일어나기를 기다려 꽝꽝나무의 모양을 다듬어 주고 갈대 옆에서 가을 노래를 부르며(가을이라 가을바람 솔솔 불어오니~~) 담덕이와 춤을 추었다.

186

아들이 선물한 맛있는 케이크를 간식으로 먹은 후 전지가위를 들다 보니 수국과 야로우를 무리 지어 넓게 심으려고 새로 정비하고 있는 돌화단 위에서 담덕이가, 등이 굽어지고 배가 쑥 나온 아빠의 뒷모습을 따스하게 바라보고 있었다.

스텔라의 가을 연인들이다.

남편만큼 등이 굽어지고 배가 쑥 나온 나는 느낀다.

이 잔잔한 행복의 순간들을.

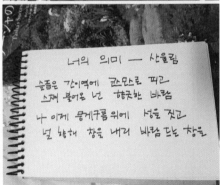

너의 의미 ─ 산울림

슬픔은 강이역에 코스모스로 피고
스쳐 불어온 넌 향긋한 바람

나 이제 뭉게구름 위에 성을 짓고
널 향해 창을 내려 바람 드는 창을

우리의 삶이 단조롭다며 돌아서 버리는 어떤 이들의 표정을
우리가 품을 수 있는 여유로운 웃음이 있다.

삽살개 담덕이와 산울림의 노래,
고양이 서든리와 따뜻한 빵,
냉장고 택배함에 달걀을 넣어 둔 친구와
바람이 즐거워하는 정원 그리고 단풍 드는 시월이 있다.

우리는 우리의 기준과 속도대로 행복을 알아 간다.
나를 잃지 않으며 다른 생명의 행복을 존중할 것.
하늘을 향해 미소 지을 수 있는 속도로 살아갈 것.

2022년 10월 21일

넉넉한 빵이 있어 정원에서
레몬버베나와 대추를 따와 차를 우리며 연락했더니
그 댁 정원에서 꺾은 한 아름 가을꽃을 안고 활짝 웃으며 오셨다.
어머나~ 시월의 멋진 아침이군요.

한꺼번에 하려면 힘이 드니 더 추워지기 전
틈틈이 온실로 옮기려고 노지에 있던 허브들을 화분에 담는데
모아 둔 화분 옆에서 담덕이가 레몬버베나를 맛있게 먹고 있었다.

옆에서 가만히 지켜보니 무작정 먹는 게 아니고
향을 맡아 가며 신중히 선택해서 까다롭게 맛을 즐기고 있다.
어느덧 나와 함께한 세월이 10년이니
담덕이도 허브 전문가가 된 듯하다.

다시 화분을 옮기다 돌아보니
담덕이 특유의 모양새로 하늘을 향해 코를 들고
눈을 감은 채 짧은 가을 햇살을 느끼고 있다.

2022년 10월 24일

털북숭이 담덕이에게 시월의 바람은
시원하고 상쾌하게 느껴지는 듯하다.

아침 산책 중간중간 걸음을 멈추고
깊어 가는 가을의 화려한 단풍을
황홀하게 바라보다가
바람을 따라 즐거운 상상을 하는 아이.

가을 국화를 보려고 다시 핀 장미가
너의 뒤에서 행복해하는 걸 모르지?

2022년 10월 26일

남편이 만들어 준 담덕이의 놀이터에 예쁜 단풍잎들이 모여 있다.
놀이터 이층에서 미끄럼틀로 내려오려던 담덕이가
미끄럼틀에 앉아 있는 단풍잎들을 물끄러미 보더니 양보해 주었다.
놀이터 옆의 나뭇가지에서 떨어지면서 미끄럼을 타고 싶었나 보다.

이것저것 정원 일을 끝내고 들어가려는데 아이참…
담덕이는 공놀이를 더 하고 싶어 하잖아.
단풍 닮은 담덕이의 마음을 알기에 나의 시간은 또 숨어 버리네.

2022년 10월 27일

시월의 휴가가 시작되었다.
그 덕에 느리게 요리를 해서 정원에서
소풍처럼 점심을 먹으니 남편은 좋아라 한다.

소박한 점심에 단풍이 품위를 더해 주고
가을이 향신료가 되어 주는 듯하다.
옆에서 가을 햇살을 즐기는 남편과 담덕이에게
노천명의 시를 읊어 주었다.

1984년 1월 초등학교 졸업 선물로

어떤 멋진 분으로부터 노천명의 시집을 선물 받았었다.

그중에서 내가 좋아하는 「이름 없는 여인이 되어」에는

마지막 구절에 삽살개가 나오는데

나는 그 삽살개가 담덕이라고 생각한다.

거두고 수확해야 할 것들이 많아

마음만큼 일도 풍년이지만

이 순간은 여왕보다 더 행복하다.

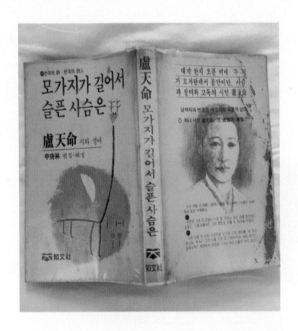

이름 없는 여인이 되어 ― 노천명

어느 조그만 산골로 들어가
나는 이름없는 여인이 되고 싶소
초가 지붕에 박넝쿨 올리고
삼밭엔 오이랑 호박을 놓고
들장미로 울타리를 엮어
마당엔 하늘을 욕심껏 들여 놓고
밤이면 실컷 별을 안고

부엉이가 우는 밤도 내사 외롭지 않겠소
기차가 지나가 버리는 마을
놋양푼의 수수엿을 녹여 먹으며
내 좋은 사람과 밤이 늦도록
여우 나는 산골 얘기를 하면
삼밤개는 달을 짖고
나는 여왕보다 더 행복하겠소.

2022년 10월 31일

안타까운 시월의 마지막 날이다.
핼러윈은 남의 나라 축제려니 생각했던 산속 생활이다 보니
10월 29일에 이태원에서 일어난 참사는
끔찍하고 어리둥절한 충격이었다.

갑자기 잿빛 하늘이 되어 버리며
무엇을 해도 가슴이 먹먹하다.
사랑이 가득한 본능으로 엄마의 기분을 읽어 내는
담덕이는 수국을 심는 내내 멀찍이 떨어진
창고 앞에서 혼자 잘 놀아 주었다.

고운 단풍이 되어 보지도 못하고
그리 어이없이 사라져 버려야 했단 말인가…
고인들의 명복을 빈다.

11월

따뜻함의 온도가
같은 우리

고마운 인연이

행복한 우연을 불렀다

2022년 11월 3일

오늘은 〈이별 이야기〉, 어제는 〈그대 나를 보면〉, 그저께는 〈사랑이 지나가면〉. 내일은 〈휘파람〉일까?

가을에 이문세의 노래를 들으면 곡에 따라 미소가, 눈물이, 울컥하는 마음, 내가 살아 있구나.

이문세의 음반들과 함께 소녀 시절을 보냈다.

중3 때는 3집의 〈소녀〉를 부르며, 고1 때는 4집의 〈그녀의 웃음소리뿐〉을, 고2 때는 5집의 〈가로수 그늘 아래 서면〉을 부르며….

그 아름다운 노래들을 들으며 기차를 타고 설악산으로 가을 수학여행을 떠났었고, 고등학교 때 딱 두 번의 조퇴는 이문세의 공연 때문이었다.

이문세를 모르셨던 엄마는 책상 위의 예쁜 액자에 들어 있는 얼굴 긴 남자의 사진을 보고 아버지와 식사를 하시며 깊은 한숨을 쉬셨단다.

남편이 휴대폰 벨소리로 〈깊은 밤을 날아서〉를 골랐을 때 나를 위한 배려 같았다.

4집과 5집의 모든 곡들은 가을을 숙성시키는 노래들이다.

9월에는 〈가을이 오면〉 그 예쁜 노래를 담덕이에게 매일 불러 주었고, 담덕이와 둘이 장 보러 갈 때면 〈붉은 노을〉을 신나게 불러 준다.

화분을 옮기며 정원 일을 할 때는 〈이 세상 살아가다 보면〉을 흥얼거린다. 요즈음은 〈사랑은 한줄기 햇살처럼〉을 사랑스럽게 부르며 담덕이와 정원을 거닌다.

그러다가 잠시 혼자 무언가를 할 때면 〈기억이란 사랑보다〉를 나직이 부르고 있어 마음이 내 아련한 시간들을 담아내고 있음을 느끼게 된다.

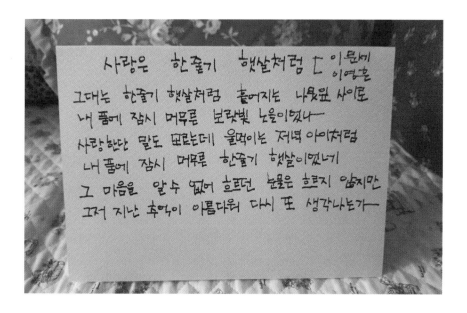

찬바람이 자연스럽게 와 닿는 11월의 아침이어도
우린 테라스에서 좋았다.
정원에서 꺾어 온 꽃들의 마지막 환희와
말라서 바스스 부스러지는 낙엽 소리도 진하게 이해하는 나이.

오븐에 데운 따뜻한 빵에
페퍼민트와 캐모마일을 가득 넣은 허브커피를 마시며
이 순간의 행복을 감사하지.
저무는 단풍이 한껏 뽐내다 갈 수 있도록 추켜세워 준
우리들의 대화는 예뻤다.

그러다 문득 담덕이를 둘러보니
너는 잔잔히 늦가을을 응시하고 있구나.
그럴 때마다 나의 마음은 쿵.

너의 가슴에 담는 열 번째 가을은 어떤 색일까?
네가 늦가을이면,
남은 나의 봄날들이 결코 풋풋하지 않더라도
마구마구 가져가렴.
나는, 나의 삶을 너와 나누고 싶어.

집 뒤편 대나무 숲과 경계한 옹벽의 담쟁이가
가을 햇살 아래 빨갛게 예쁘다.
세월이 흐르니 집 곳곳의 소박한 모습들이
잔잔하게 눈에 들어온다.
옹벽 위쪽에는 아이들이 어릴 때 놀던 농구 골대의
나무판이 남아 있다.

엄마가 심어 주셨던 감나무에서 홍시를 만들어
담덕이에게 주면서 울컥한다.
돌아가시기 전 담덕이가 보고 싶다고 하셨던 말씀이
막내딸이 더 많이 보고 싶다는 뜻이었다는 걸 이제 아는데.

세월이 더 흘러 그때의 엄마처럼
잔잔하고 예쁜 모습들을 마음으로 보는 할머니가 되면
우리의 아이들은 담쟁이덩굴 따라
옹벽 위쪽에 아빠가 나무로 만들어 주셨던
농구 골대를 사랑으로 추억하겠지.

산속 겨울은 어느 순간 불쑥 찾아오기에
월동하지 않는 식물들을
여러 날에 걸쳐 온실 안으로 거의 다 옮겼다.

흙이 동그랗게 파인 화분과
농원의 밋밋해진 땅을 보니 조금 쓸쓸하지만
온실 안은 흥부네 가족처럼 다복해졌다.

아침마다 스텔라 엄마를 따라다니며 담덕이도 애썼다.
이젠 발걸음만 달리해도 내가 무엇을 하려는지
알고 먼저 앞장서는 네가 있어
11월의 바람도 쓸쓸하지 않구나.

우리 집 앞이 팔공산의 아름다운 단풍길이라
담장을 따라 내려앉은 단풍잎들이
바닥에 선물처럼 레드카펫을 만들어 주었다.

그 덕에 11월의 이른 아침은 고요하고 황홀하다.
담장을 따라 담덕이와 걷노라면 벅찬 가을이
우리들 안으로 들어오는 듯하다.

담덕, 사랑해.
단아한 숨결도.
초콜릿이 박힌 발바닥도.
부드럽게 흔들리는 단발머리도.
나에게만 순둥이인 까칠함도.

수만 마리의 삽살개가 있대도 나는 너를 단박에 알아봐.
내 마음에 새겨진 너의 느낌은 영원하거든.

2022년 11월 13일

가까이 다가가 11월의 장미를 바라보다
하늘을 향해 얼굴을 들고 눈을 살며시 감은 채~~
이건 담덕 스타일이지.

늦가을의 짧은 햇살이 너를 보며 미소 짓느라 멈추어
따뜻함이 길게 늘어나네.

서늘한 바람이 불면 더 쓸쓸해지는 정원에
노오란 감국이 따뜻함을 더해 준다.

그 감국 옆에는 온실에 들어간 다른 허브들과는 달리
노지에서 여전히 생생한 민트류들이 있다.

애플민트 향을 맡더니
마음에 드는지 담덕이가 활짝 웃는다.

담덕이가 애플민트 옆을 스칠 때마다
박하와 사과가 섞인 듯한 그 특유의 향이
담덕이 털에 스며드는 듯하다.

2022년 11월 18일

모임이 있어 남편이 늦으면 담덕은 아빠가 오실 때까지 편안히 눕지 않는다.

무척 늦어져도 비어 있는 형아들 방 침대 위에서 눈을 감은 채 옆으로 눕지 않고 엎드리듯 누워 창가의 소리에 귀 기울이며 경계 태세를 늦추지 않는다.

그러다 술 냄새 가득한 남편이 탄 택시가 도착하면 용케 알고 아무리 캄캄한 밤이어도 도로까지 마중 나간다.

이리 예쁘니 뭐든 해 주고픈 남편이 정성 들여 담덕 이불을 만들지.

누빔한 원단에 광목으로 가장자리를 둘러 푹신푹신하게 만들고 프릴 달린 낮은 베개도 광목으로 여러 개 만들어 주었다.

담덕이의 가슴줄과 목줄도 광목으로 남편이 만들어 준 것만 사용한다. 안 그래도 오래 사용한 담덕 이불이 좀 낡았었는데 아주 마음에 든다.

침대를 그다지 좋아하지 않는 나를 위해 담덕이가 바닥에 같이 누우면 우리의 이불들도 나란히 펼쳐진다.

  우리들의 포근한 행복도 나란히 펼쳐진다.

아이들이 아기 때 사용하던 천 소창을 삶아서 매일 밤 잠들기 전 담덕이 이빨을 닦아 준다.

전동칫솔도 사용해 보고 다른 도구도 써 보았지만 검지손가락에 말아 소창으로 닦는 게 제일 마음에 들었다.

그래도 계절이 바뀔 때면 남편이 뾰족한 도구로 담덕이의 치석을 제거해 준다. 이젠 익숙하게 잘 견디는 담덕이가 오늘은 조바심을 내더니 치석 제거를 끝내자마자 옹달샘 언어를 쏟아 냈다.

뭐라고? 서든리가 왔다고?

이틀 동안 보이지 않던 서든리가 캄캄한 밤에 찾아왔다.

나는 후다닥 달려 나가 숨을 헐떡이며 외로운 서든리에게 얘기해 주었다.

집 밖에서 살아도 너는 우리 가족이야.

대나무 숲에서 잘 있어 주어 고마워.

너는 세상에서 제일 소중한 우리의 고양이란다.

서든리~~

밥 많이 먹고 추운 겨울 잘 보내자.

서든리를 보면 왜 이리 목이 멜까?

세차를 하면서 유리창에 남아 있는
담덕이 자국을 닦지 않고 둘 때가 있다.
담덕이의 발톱에 찢어진 차 시트를 교체할까 고민할 때
아이들이 했던 말이 생각나서다.

저희는 괜찮아요.
담덕이가 만든 모양이잖아요.
그냥 찢겨진 그대로 두고 싶어요.

우리에게 그리 소중한 담덕이가 뛰어 오르내리는 것을
힘들어하고 산책 시간을 짧게 끝내고 싶어 한다.
나는 아침에 일어나면 누워 있는 담덕이를
살며시 안으며 속삭여 준다.

어느 날 막막한 두려움이 다가오면
매일매일 저장해 둔 나의 목소리와 따뜻한 손길을 기억하렴.
누구에게나 찾아오는 그 순간이 나도 두렵지만

오랜 시간 나의 기도로 만들어진 사랑의 방어막이

두려움을 사라지도록 만들 거야.

담덕.

나는 항상 네 옆에 있을 거야.

2022년 11월 25일

도심에 있는 건물 옥상에 천막을 치고 친구들과
아~ 대한민국을 외치며 월드컵 경기를 응원하려고
캄캄한 밤에 남편은 열심이었다.

헬레나 호지의『다시, 오래된 미래』를 보다가
밤 12시가 한참 지난 시간에 남편을 마중하러 도로에 나갔더니
담덕이는 아빠를 기다리며 어둠 속을 사뿐사뿐 뛰어다녔다.

아침에 담덕이와 온실 입구에 자리한 로즈마리들과
반갑게 인사하며 온실 문을 여는데
배에서 150㎏이 넘는 온갖 쓰레기들이 나왔다는
밍크고래가 자꾸 떠올랐다.

담덕이도 로즈마리도 새들도 고래도 다 같이 잘 살아야 해.
우리가 더 겸손하게 어떤 욕심을 줄이면 되는데….

2022년 11월 28일

가을을 배웅하려고 밤에 비가 내린다 하니
예뻤던 낙엽들이 뭉쳐져 눌려진 상태로
천덕꾸러기가 될까 봐
그 전에 절벽 끝으로 옮긴 후
자유롭게 날려 주고 싶었다.

담덕♡
너와 함께하니 낙엽들을 옮기는 일도
재미있는 놀이가 되는구나~

다채로운 나뭇잎들마다 다양한 꿈들을 담았을 터인데
미련 없이 낙엽이 되더니 바싹 말라 부스러진다.

노란색 · 주황색 · 빨간색의 마음들이
비움으로 더 넉넉해지는 사랑의 양분을
아낌없이 땅에 전해 주고 있다.

그 지혜로운 사랑을 받아 생기 가득한 초록으로
봄을 만나게 될 생명들은
흔들림에도 강한 부드러움으로 내면을 채워 가겠지.

나무에게서 오늘도 삶을 배운다.
스텔라 엄마를 따뜻하게 안아 주며
옹달샘 언어로 나무와 이야기하는 담덕이는
평온하게 받아들이는 그 삶을.

그러니,
행복하자

고마운 인연이

행복한 우연을 불렀다

  3년씩 묵혀 둔 장작들을 난로의 땔감으로 사용하려고 가지런히 쌓아 두었다.

  지구 환경이 심각해지면서 바닷물의 온도가 올라가니 기후 변화로 6개월간 산불이 났었던 호주처럼 뜨거워지는 대륙이 있는가 하면, 어느 곳은 긴 우기가 생기고 어느 곳은 초강력 태풍이 예전보다 자주 나타나 쓰러진 나무들이 많아졌다. 안타까운 일이다.

  지난여름에 다녀간 태풍 힌남노에 쓰러진 나무들은 최소 2년은 지나야 땔감으로 사용된다.

  세찬 바람에 부러진 나뭇가지들도 아침마다 담덕이와 부지런히 모아 두었더니 난로의 불쏘시개로 요긴하게 사용할 수 있을 것 같다.

온실로 옮기면서 싹둑 자른 라벤더와 로즈마리, 세이지의 향을 담덕이가 맡고 있다.

바싹 말려서 추운 날 난롯불 지필 때 같이 넣으면, 은은하게 퍼질 허브 향을 맡으며 담덕이가, 땔감이 되기 전 나무와의 순간들을 추억할 것 같다.

2022년 12월 4일

엄마라서 가능한 우울함이 있다.

정성을 다하는 나날들에 지쳐 바라본 거울 속의 내 모습이 낯설게 느껴질 때, 세상에서 제일 하기 싫은 게 엄마라고 혼잣말을 해 본다.

어느 날은 나 홀로 훌쩍 떠나고 싶은데 담덕이가 발목을 잡는다. 어른아이인 남편도 두 아이들도 다 자라서 자유로울 수 있는데 담덕이는 다르다.

몇 년 전 담덕이가 요로결석 수술을 했을 때 일주일 입원을 해야 한다는 병원에서 제대로 걷지도 못하는 아이가 밤새 모든 것을 거부하고 강하게 반감을 나타내어 수의사가 진통제조차도 투여하지 못했다 했다.

수술한 다음 날 일찍 우리가 가니 그제야 우리가 준비해 간 밥을 먹고 쉬를 누었었다. 대표 원장님이 우리 집 환경을 잘 아는 병원이라 믿고 퇴원시킨다 하셔서 오랜 기간 통원 치료를 하며 경과를 확인 후 의료용 가위와 집게를 구입하여 여러 번 소독한 다음 실밥도 집에서 남편이 풀었었다.

담덕이가 온 2013년부터 눈이 오든 비가 오든 여행을 가든 나의 시간은, 어릴 때 방학이 다가오면 만들었던 동그란 계획표처럼 움직인다.

여태 행복하게 해 왔고 앞으로도 잘할 건데 한 번씩 갑갑한 건 갱년기 탓을 해야 하나. 이러다 담덕이를 바라보면 내 마음이 미안할 정도로 그 아이는 맑은 행복을 준다.

주말이라 다녀가는 작은아이가 담덕이와 산책 다녀오기에 마중 나갔더니 담덕이가 나를 보자마자 걸음을 빨리해서 다가온다.

누워서 안을 때면 혹시나 내가 다칠까 봐 손과 발을 오므리는 아이. 양치할 때면 날카로운 이빨을 신경 쓰는 아이. 내가 웃으면 더 크게 웃고 내가 울면 곁에 와 손등을 핥아 주는 아이.

그래, 그래. 엄마의 책임감은 끝없는 사랑으로 둘러져 있지.
엄마라서 가능한 그 무한대의 사랑으로 오늘도 부드러운 삶이 만들어지는구나.

2022년 12월 8일

봄·여름·가을의 세 계절을 노지에서 보낸 아이들이
온실 안에 다 같이 모여 서로 배려하며 긴 겨울을 준비하고 있다.

많은 친구들 앞에서 제라늄은 더 예뻐 보이려 하고
재작년에 심은 동백나무는
키가 더 커 보이려 까치발을 하는 것 같다.
티트리tea tree와 올리브는 늘 그렇듯
품위 있게 주변을 둘러보고
로즈마리는 친구들을 위해 온실 안의 공기를
맑게 유지하려 더 신경 쓰는 것 같다.

땔감을 넉넉히 준비해 두고
오래전 담덕 아부지가 나무로 만들어 준
기다란 온실 안으로 식물들을 다복이 옮기고 나면
김장을 끝낸 주부의 마음처럼 뿌듯하다.

246

2022년 12월 9일

크리스마스 리스를 걸려다가 노란 대문에 변화를 주고 싶어 페인트를 칠하게 되었다.

담덕이와 순식간에 쓱싹쓱싹~

페인트가 마르는 동안 대문 중간쯤 유리를 떼어 낸 자리를 다르게 바꾸고 싶어 바쁜 남편의 눈치를 살피며 환한 웃음으로 살며시 도움을 요청했다.

남편은 위험한 유리가 있던 자리에 철망을 잘라 고정시켜 주었다.

그리고 그 철망에 내가 모아 둔 허브 그림이 들어간 타일을 가져와 나무로 액자 틀을 만든 후 색을 칠해서 다시 고정시켜 주었다.

이제 크리스마스 리스를 걸어 본다.

크리스마스 리스의 루돌프를 담덕이가 어찌나 쳐다보던지.

크리스마스 리스를 위해 대문 색을 바꾸고 타일 액자를 걸며 즐겁게 준비했던 것처럼 행복한 크리스마스를 위해 따뜻함이 필요한 곳을 둘러볼 준비를 해야지.

짜잔~

우리들의 크리스마스가 다가온다.

세상의 모든 종교를 초월해 크리스마스는 설레잖아 ㅎㅎ

별님.
티트리 잎이 아주 많이 필요하답니다.

스텔라를 별이 되게 해 주시는 친구 수녀님의 전화에 싹둑싹둑 티트리 잎을 자르는 동안 티트리 향을 그다지 좋아하지 않는 담덕이는 멀찍이 떨어져 있었다.

향균 효과가 뛰어난 티트리는 피부를 손상시키지 않고 병원체를

파괴한다. 티트리 오일은 무독성이며 자극이나 감염 없이 여드름이
나 성난 피부를 살균 · 소독 · 진정시켜 준다.

　어느새 푹신한 털신처럼 자란 담덕이의 발바닥 털을 손질해 주는
남편 옆에서 청소기로 털을 빨아들이고 있으니 나에게서 티트리 향
이 묻어나는지 담덕이가 코를 움직이더니 나를 등지고 얌전히 누워
있다.
　ㅎㅎ 이 녀석.

　발바닥 털을 깎고 보니
담덕이의 발바닥에 박힌 초콜릿이 더 예뻐 보인다.

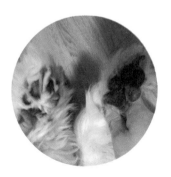

　단풍나무 사이에서 갑갑해하던 작은 백일홍에게 좋은 자리로 옮겨 주겠다고 지난봄에 약속했었다.

　이후 여름을 지나면서 온실 쪽 자작나무 앞이 적당할 것 같아 그 백일홍 앞을 지나칠 때마다 늦가을까지만 기다려 달라고 말했었다.

　그리고 보름쯤 전에 드디어 그 백일홍을 옮겨 주었는데 얘도 흡족해하는 것 같다. 키 큰 자작나무 오 형제의 경사진 아래에 있으니 갑갑해 보이지도 않고 꽃이 피면 색도 더 예뻐 보일 것이다.

　겨울 날씨치곤 포근한 오늘 그 백일홍을 위해 담덕이와 잔디를 살짝 걷어 낸 후 절벽 아래에서 주워 온 돌로 보호막처럼 띠를 둘러 주

고 고무망치로 네모난 사각 돌을 주변 바닥에 박아 아늑하게 만들어
주고 있다.

무리하면 안 될 만큼의 일을 욕심내지 않고 마무리한 후 라벤더 시
럽을 뿌린 와플을 구워 나만을 위한 블렌딩 허브티를 준비하는데 흐
뭇하다.

다 안다. 애들도. 우리가 마음을 주고 신경 쓰는 것을.
굳이 말하지 않아도 전해지는 따스함은 그냥 느껴지거든.

내가 사랑하는 것 중에 겨울밤이 있다.
꽁꽁 얼어붙은 추운 날 이른 저녁을
느리게 준비한 후 영화를, 음악을,
아랫목에서 담덕이와 뒹굴다 한잠 자고
일어나 따뜻한 차를 우려 책을 읽어도
고요한 겨울밤의 매력은 그대로 유지되고 있다.

세 계절을 부지런히 움직인 나를 위한 여유를 편안히
누릴 수 있는 12월의 겨울밤은 특히나 더 사랑한다.
마법 같은 동지와 설렘 가득한 크리스마스,
어떠하든 다가오는 한 해의 마지막이 있으니
신비로움이 가득하고.

영하의 기온에도 담덕이를 위해 아침을 이르게
깨워야 하는 매일이 존재하지만 깊은 겨울밤이 있어
수수한 삶의 한 부분들을 더 따뜻하게 품을 수 있다.
때때로 나니아로 통할 것 같은 겨울밤의 느낌은
나의 내면과 연결되어 있는 듯하다.

꽁꽁 얼었다.

창틀도 연못도 철대문도.

얼어 있는 서든리의 물그릇에 뜨거운 물을 부으면

그릇 모양대로 동그란 얼음이 툭 떨어져

녹지 않고 하나둘 얼음 동그라미들이 생긴다.

크리스마스 캐럴을 들으며 난로에 불을 지핀 후

발라당 드러누워 사랑해 달라는 담덕이의 배를 만져 준다.

손가락 사이를 벌려 듬성듬성한 빗처럼

손 모양을 만들어 부드럽게 긁어 주면 담덕이가 행복해한다.

뽀드득.

야무지고 포근한 삶의 소리가 들리는 것 같아.

다행이잖아.

우리의 마음은 얼지 않았으니.

2022년 12월 21일

(하늘을 향해)
이런 선물 감동이에요♡

앨리와 그레이스, 안녕?
너희들 아래 달린 나무 하트는 우리들의 마음인 거 알지?
이 감동적인 순간들이
사랑하며 살아가게 하는 힘이 되어 주더라.

스텔라 나라의 담덕 왕자님♡
지금 이 순간 네 마음속에 담겨 있는 옹달샘 언어를
나는 다 느낄 수 있어.
세상의 모든 생명들이 쏟아 내는 다양한 언어들이
눈으로 덮인 세상 속에서는 한없이 겸손해지는구나.

  해마다 크리스마스가 되면 큰아이는 케이크를 들고 환하게 웃으며 나타난다.

  내일이 지나면 첫 직장으로 떠나는 동생과 같이 크리스마스의 추억 한 조각을 담으려고 평택에서 달려와 챙겨 주는 큰아이의 마음이 참 어질다.

  크리스마스를 흥겹게 보내려고 우리가 선택한 경주에서 지난 주말부터 작은형아와 산책하며 보문호수의 고양이들과 인사한 담덕이는 여유로웠다.

  점심때 아이들이 좋아하는 고기 요리를 먹을 때 추위에 떨며 창밖에서 쳐다보던 야윈 강아지를 위해 구운 소고기를 종이컵에 가득 담아 크리스마스 선물처럼 전해 주던 아이들의 마음이 내겐 크리스마스 선물이다.

담덕이는 남편이 자신만의 레시피로 준비한 채식 위주의 저녁 요리 냄새에 시큰둥한 반응이다.
이웃분이 초대한 내일의 크리스마스 저녁이 기대된다.
담덕이를 위한 고기를 준비하실 거라는 배려가 담긴 말씀은 그냥 감동이었거든.
모두모두 행복한 크리스마스♡

2022년 12월 27일

내동에 가자.

엎드려 있던 담덕이가 고개를 번쩍 들었다.

이 댁에 도착하면 담덕이는 익숙하게 정원에 영역 표시를 한 후 우리의 시간들을 기다려 준다.

이 추운 날 갈치 바비큐를 야외에서 준비하신 후 접시에 담아 부엌문으로 들어오시며 함박 웃으시는 김 교수님은 사랑스러우셨다.

밥솥에서는 마음의 형태처럼 도톰한 밥알이 보기만 해도 행복을 느끼게 해 주었고, 가득 담아 주신 구수한 된장찌개에서는 정이 넘쳐나고 있었다.

이런저런 이야기들을 연륜과 경험이 담긴 지혜로 풍성하게 풀어내시며 때로는 담덕 아부지의 세상에 대한 투정마저도 부드럽게 녹여주시는 멋진 이웃분이 계셔 참 행복하다.

아~~ 멋진 저녁이어라.

대나무 숲에 바람이 불면
점잖고 세련된 대나무들이 마구마구 흔들리며
수다쟁이가 되어 버린다.
소곤소곤. 속닥속닥. 소곤소곤. 속닥속닥.
그 속삭임이 궁금한 해님이 살며시 다가서면
까르르 깔깔깔 까르르 ㅋㅋㅋ

대나무 숲을 향해 있는 천장이 낮은 방을
우리는 프리룸free room이라고 부르는데
이 방에는 누구든 들어가면 방해하지 않는다는 규칙이 있다.
그 프리룸에 담덕이가 한참 누워 있다.

혼자만의 시간을 즐기게 두었다가
행여 외로울까 봐 옆에 같이 누웠더니
창문 너머로 대나무들의 흥겨운 몸놀림과
수다 떠는 소리가 들린다.

담덕.
너의 옹달샘 언어로 대나무들에게
서든리를 잘 부탁한다고 전해 주렴.

자유로운 바람은 알고 있었던 거야.
대나무들이 한 해를 뒤돌아보며
그들만의 송년회를 춤추듯 하고 싶었던 것을.

1월

애들아,
아직 괜찮아

고마운 인연이

행복한 우연을 불렀다

2023년 1월 1일

새해 아침에 밝게 일어난 담덕이의 예쁜 얼굴은
우리를 행복하게 한다.

해가 바뀌어 어제와 특별히 다른 오늘은 우리의 몫이고
담덕이가 맞이하는 오늘은 가족들의 따뜻한 아침 인사로
하루를 시작하는 여느 날과 다를 바 없는 평온한 날이다.

크리스마스 리스가 걸려 있던 대문에 라벤더색 리스를 걸고
온실 안 친구들과 새해 인사를 나눈 후
천천히 겨울 정원을 거닐다 활짝 웃어 본다.

안녕? 2023♡
소박하지만 밝은 희망을 품을 거야.

이층으로 오를 때마다 삐그덕거리는 나무 계단처럼
나의 몸과 마음도 삐그덕거릴 때가 있다.
마구마구 뛰어 오르내려도 끄떡없더니
어느새 나무 계단도 나처럼 세월에 장사 없게 되었구나.

청년이 된 두 아이들의 어린 시절보다
담덕이가 이 삐그덕거림에 한몫하였는데
그 담덕이도 이젠 나이가 들어 천천히 걸어 올라간다.

삐그덕ㅋㅋ
오늘도 내 발걸음에 실린 감정의 무게를 읽어 내는구나.

나도 나무 계단의 삐그덕거림을 이해하기에
밤에는 편히 쉬라고 라벤더와 마조람을,
아침에는 밝게 힘내라고 스위트오렌지sweet orange나

벨가못 오일을 떨어뜨려 주고 싶다.

나무 계단도, 나도, 담덕이도.
서로를 이해하며 그렇게 빈티지vintage가 되었다.
그래서 우린 더 소중하다.

2023년 1월 7일

함박눈이 아니어도 좋았다.
따뜻한 담요를 덮고 내리는 눈을 보며
대나무 숲을 향해 있으면
또 다른 세계가 펼쳐진다.

담덕이와 나란히 눈 발자국을 만들며
어수선했던 마음을 다스린다.

분명 새해 첫눈은, 축복이다.

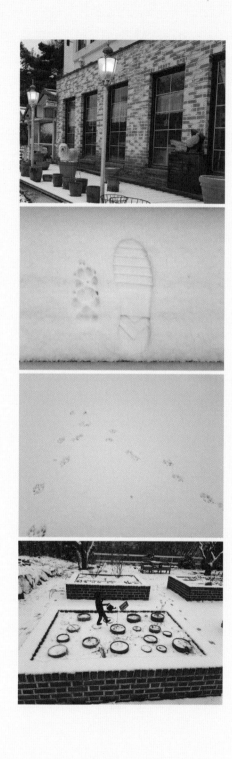

2023년 1월 10일

포도밭에 여섯 마리의 개들이 있다.

서로 닿지 않을 만큼의 거리를 두고 짧은 줄로 묶여 있다.

환경이 어떠하든 주인이 있기에 더 이상 표현하면 안 된다.

온천가는 길에 차를 세우고 가끔씩 오리육포를 준다.

그 앞을 지날 때면 참 슬프다.

마음속으로 기도를 한다.

꿈속에서는 포근한 곳에서 갈증과 배고픔 없이 마음껏 자유로워지렴.

전에는 담덕이를 데리고 그곳을 지나 부인사까지 갔다 온 적도 있었는데 그 친구들을 알고부터는 어찌할 수 없는 연민에 담덕이와 그 앞을 지나갈 수가 없어 방향을 돌려 되돌아온다.

존중을 담은 예의 같은 거라고 할 수 있을까…. 그 앞을 담덕이와 산책하며 그 친구들의 눈빛을 마주할 용기도 내겐 없다.

개들은 포도를 먹으면 절대 안 되거든요….

어느 무더운 여름날 그 친구들을 주려고 비닐에 가득 담아 간 얼음을 전해 주면서 주인아저씨한테 겨우 할 수 있었던 말이었다.

며칠 전 새로운 산책로를 알게 되어 소나무가 멋진 시골길로 산책을 즐긴다.
새로운 낯선 냄새에 담덕이는 탐험하듯 걸어가는데 나는, 몸의 자유로움과 자유로울 수 있는 영혼에 대한 생각이 깊어졌다.
그 개들에게 빨강머리 앤을 알려 줄 수 있다면 좋겠다.

겨울비가 내린다.
딱딱해진 빵을 촉촉하게 데워 주는 성능 좋은 오븐처럼
굳어 있던 마음을 부드럽게 치유해 주는 빗물과 눈물은 같다.
그 덕에 우리는 생기 가득한 날들을 만들 수 있다.

그리스의 가수 데미스 루소스Demis Roussos는
빗물과 눈물은 같은 거라고 노래했다.
Rain and tears are the same

털북숭이 담덕이를 안고 그의 노래에 젖어 본다.
When you cry in winter time
You can't pretend it's nothing but the rain

담덕이를 위해 속을 넣지 않은 호떡을 구운 후
나를 위해서는 터져 나오도록 꿀이 많은 호떡을 남편이 구워 주었다.

올리브오일에 구운 따뜻한 호떡을 금세 다 먹어 버리는
담덕이가 귀여워 웃음 짓다가 떠오르는 거부하고픈 생각,
비 내리는 언젠가의 겨울날에도 속을 넣지 않은 호떡을
또 웃으며 구울 수 있을까?
담덕이 털에 얼굴을 묻어 버린다.

2023년 1월 16일

오래전부터 비밀 이야기는 나무에게 했다.
껄끄러운 일이 생기면 나무에게 달려가 투덜거렸다.

나무들은 잎이 무성한 계절보다 겨울에
깊은 내면을 보여 준다.

담덕이가 나무들의 말을 들어 주는 것을
겨울에 알게 되었다.
부끄러울 것 없는 나무들의 진솔한 이야기를
담덕이가 묵묵히 듣고 있었다.

담덕이는 사랑으로 이야기를 느끼고
가슴으로 말을 이해한다.

2023년 1월 22일

설날 아침에도 담덕이는 잠꾸러기.
우린 발뒤꿈치를 들고 조용히 다가가
그 모습을 사랑스럽게 바라보다가
푹 자고 일어난 커다란 담덕이가 예뻐서 업어 주었다.

담덕이가 어릴 때에는 하루에도 여러 번
참 많이도 업고 안고 다녔었다.
담덕이를 등에 업으면 그 따스함이
잔잔하게 온몸으로 퍼지며 분홍색 하트 모양이 되어
나의 심장으로 흘러 들어온다.

얼어 버린 서든리의 물그릇에 손톱 크기의
하트 모양 사료가 같이 얼어붙어 있다.
후후, 이건 고마움을 전하는 서든리의 마음 같은데…ㅋㅋ

다 자란 큰아이가 세뱃돈에 웃는 모습도,

집에 오지 못한 채 설날에도 성실하게 일하는 작은아이의 모습도,

순수한 담덕이와 서든리의 모습도 기쁨이다.

모두모두 복 많이 받으렴♡

2023년 1월 25일

　새해 첫날 벚나무 앨리와 그레이스 아래 테라스에서 멍하니 정원을 내려다보던 담덕이의 모습에 뭉클~
삶이 웃는 날은 쉬어 가야 한다.
커다란 개와 숙박을 하려면 예약조차 쉽지 않아 이제야 오게 되었다.

　세련된 삶을 사시는 줄리 선생님이 알려 주신 책『프랑스 와인수업』을 챙겨 담덕이와 쉬러 온 남해.

　경주 보문호수의 산책로만큼이나 이곳 남해 아난티의 산책로를 잘 아는 담덕이와 틈틈이 걷는 것을 제외하고는 찬찬히 책을 읽으며 오롯이 쉬다 갈 계획이다.

　내 삶의 형태를 잘 알고 방해하지 않는 담덕이는
참 멋진 친구다.

그때도 그랬던 것 같다.

수능 치러 간 학교 앞에서 머뭇거렸었다. 딱딱하지 않지만 깊었던 어떤 슬픔이 웃음으로 나와 버리자 택시를 타고 동대구역으로 향한 후 직지사를 갔었다. 그날 내 마음이 가장 안전했던 곳, 그곳에 이십 대를 마무리하시던 장명 스님이 계셨다.

지금도 그런 것 같다.

팔공산에 있는 많은 카페와 찻집들이 경쟁하듯 문을 열고 각자의 소리를 높이는 사람들이 차를 타고 팔공산의 도로를 당연하게 지나가는 순간에 부드러운 웃음이 필요한 나의 삶은 담덕이를 바라보다 직지사로 향했다.

똑같은 모양으로 정리되어 있는 진열장을 보면 하나쯤은 방향이라도 돌려놓고 싶다. 양말까지 이어져 있는 타이즈는 갑갑해서 발목 부분쯤 잘라 내고 발가락이 쑥 나와야 살 것 같다.

영화《미션The Mission》의 OST인 엔리오 모리꼬네의 〈가브리엘 오보에〈Gabriel's Oboe〉를 비 오는 날 들려주셨을 때 나는 알 수 있었다.

아, 이분은 나를 이해하시는구나.

그런 소박한 기억들이 부인으로, 무엇보다 엄마로 세상 속에서 잘 살려는 시간들에 나를 잃지 않게 하는 사랑의 힘이 되어 주었다.

처음 스님과 만났던 그곳에 스님이 계신다. 스님이 직지사에서 사라져야 했던 십 년은 내 기억 속의 직지사가 아니었다. 그러고 보니 허전했던 그 십 년의 시간 안에 담덕이가 있었구나.

보이고 들리는 것에 굳이 반응하지 않아도 되는 친구가 이분이라 참 행운이다. 스텔라와 담덕이의 인연을 그때처럼 사랑으로 품어 주시는 분이 친구라 참 복되다.

우리 방식으로
만드는 즐거움

고마운 인연이

행복한 우연을 불렀다

2023년 2월 1일

2017년까지 사용했던 냉장고를 재활용한 택배함을 올리브그린에서 노란색으로 칠했다.

냉장고 택배함은 지인들의 정성으로 언제나 따뜻하다.

어느 날은 맥주와 사과 한 알이, 어느 날은 고무장갑이, 곶감이….

누군가가 두고 가는 과하지 않은 마음은 사랑이었다.

나 역시 누군가를 위한 로즈마리쿠키를 택배함 위 칸에 두려는데 담덕이는 아래 칸에 놓여 있는 상자의 냄새를 궁금해하고 있었다.

그도 그럴 것이 그 상자 안에는 닭갈비가 들어 있었다.

준비된 편안함을 거부하고 큰아이가 지난가을에 떠난다고 했을 때,

그 애는 가을국화야. 꽃이 봄에만 피는 건 아니잖아.

가을 국화니까 그 녀석의 계절이 올 때까지 기다려 주면 돼.

라고 말씀해 주시던 김양희 선생님이 주신 거다.

새벽 기도로 하루를 시작하신다며 성경의 복된 말씀을 보내 주시거나 기도해 주시면 참 은혜롭다. 선생님이 큰아이를 위해서 해 주셨던 기도를 기억하고 있다.

사랑은 옳고 그름을 따지지 않고

그냥 그 사람의 편이 되어 주는 것입니다.

2023년 2월 3일

보나의 집 밭에서 직접 재배하신 가지와 고사리, 호박, 취나물 등
으로 만드신 묵은 나물 반찬을 조금씩 비닐에 넣은 후 다시 접시에
담은 정월대보름 나물을 민들레 수녀님이 보내셨다.

잣과 솔잎으로 만든 지 7년 되었다는 효소도 귀한 맛이 느껴졌다.

한두 살일 때 괴산을 따라다니며 수녀님을 알게 된 담덕이는 그 자
연의 맛을 익히 알고 있다. 비빔밥을 좋아하는 아이라 채식을 하시
는 수녀님의 심심한 나물들은 늘 별미가 되곤 한다.

담덕이를 위한 비빔밥 위에 달걀을 올려 주겠다며 남편이 직접 만
든 달걀지단의 동그란 얼굴이 웃고 있었다.

쓱싹쓱싹~ 비벼서 순식간에 한 그릇 뚝딱.

맑고 고운 노래를 불러 주시던 나의 친구, 민들레 수녀님의 평화
로운 음식을 먹으니 다가오는 봄을 더 빛나게 맞을 수 있을 것 같다.

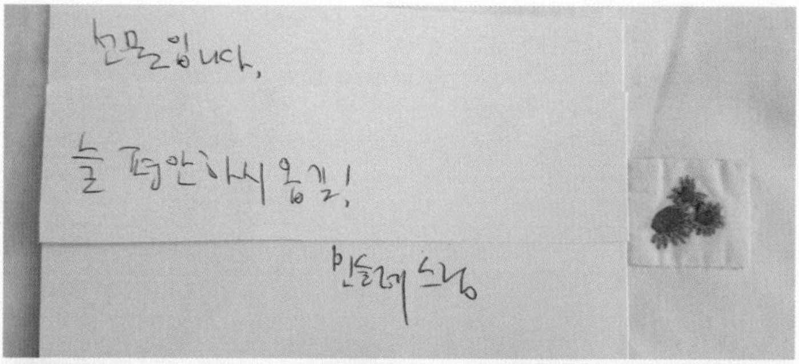
선물입니다,
늘 평안하시옵길!
민들레 스님

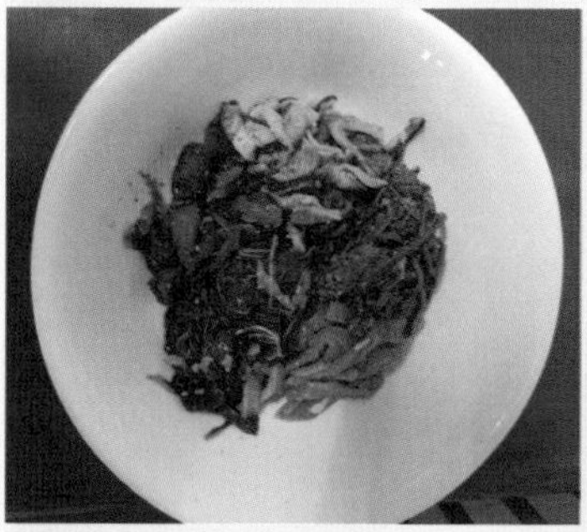

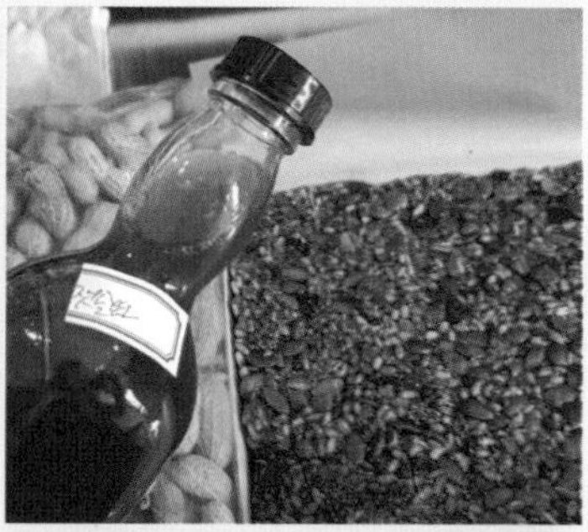

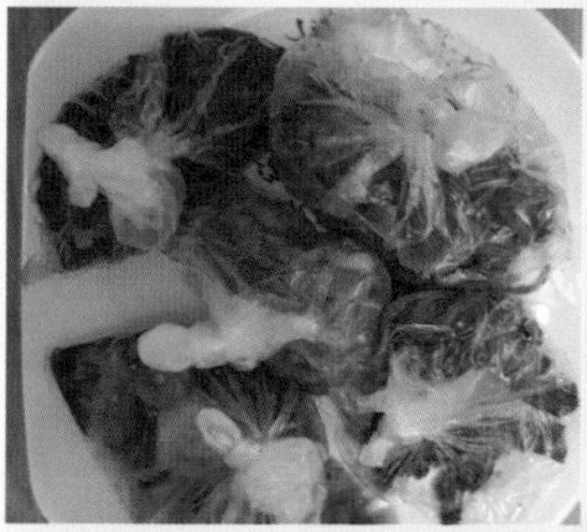

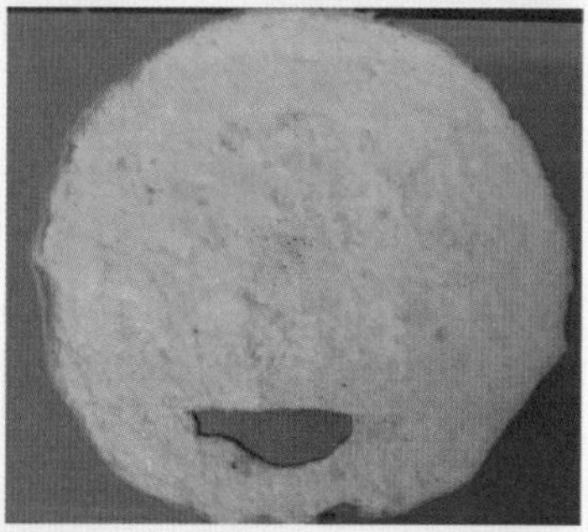

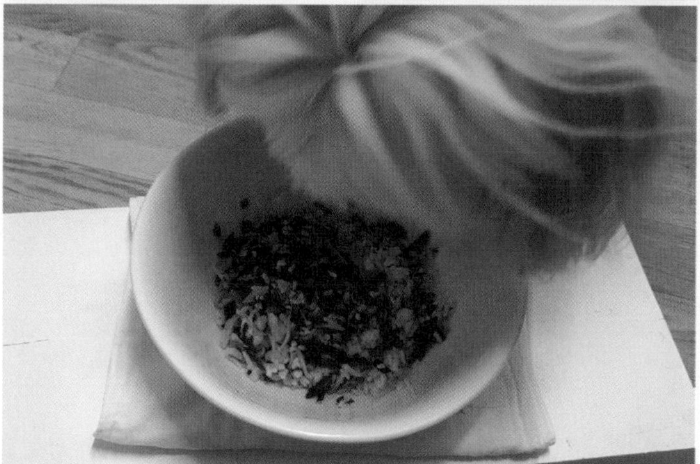

2023년 2월 4일

온실 문 열어 달라며 밖에서 기다리는
담덕이의 표정도 사랑스럽다.

들락날락거리면 애들이 추우니까
얼른 들어와야 돼, 담덕♡

보라색 로즈마리꽃들이 추위 속에서도 환하다.
애들아~ 입춘이란다.
다소곳이 단장하고 있을 봄을 마구마구 응원해 주자.

2023년 2월 6일

담덕이가 열한 살이 되었다.
아침에 담덕이가 좋아하는 황태미역국을 끓이는 동안
얌전히 앉아서 기다리고 있었다.

한우구이, 전복, 우리 밀 생우유 식빵 케이크와
담덕이가 매일 먹는 사과로 차린 생일상에 우리의 마음을 담았다.

2013년 2월 6일에 태어난 담덕이는
그해 4월에 입양되었다가 일주일 만에 파양당한 후
우리 집에 오게 되었다.

우리 집에 오기 전 잠깐씩 머물렀던 두 곳의 가정에 감사드린다.

생일 축하해, 담덕♡
지금처럼 사랑하며 건강하게 잘 살자.

침대에 누워 있다가 황망하게 세상을 떠난 15세 어린 딸의 손을 놓지 못하는 아버지, 무너진 건물 아래에서 17시간 동안 동생을 보호하고 있다가 구조된 어린 소녀, 자갈과 철근이 얽힌 건물 잔해 속에 파묻힌 채 머리만 내밀고 있는 강아지 등등….

이틀 전 규모 7.8의 강진이 발생한 튀르키예와 시리아는 마른하늘에 날벼락이었을 것 같다.

얕은 땅 밑 원자폭탄 32개의 충격이라고 하니 말문이 막힌다.

담덕이가 낮잠을 즐기는 동안 대문에 걸려 있던 바구니의 낡은 꽃들을 밝고 우아한 꽃들로 교체하고 오니 어느새 깨어난 녀석이 2층

계단에서 부스스한 모습으로 해맑게 기다리고 있다.

남편을 위한 매콤한 김치전을 부치면서 담덕이를 위해 양념을 여러 번 씻어 낸 희멀건 김치전을 만들어 주니 오물오물 맛있게 잘도 먹는다.

이 평범하고 따뜻한 일상의 감사함♡
안타까운 그곳에 밝은 기운이 가득해지길.

푹 자고 눈을 떴다.
커튼 사이로 보이는 앞산이 흰색이라 설마~ 했는데,
와아아~~ 함박눈이다♡

빙글빙글 돌다 살구나무 근처에서
눈 위에 응가하는 담덕이의 귀여운 모습을
우리가 해적선이라고 부르는 창고 앞에서 지켜보았다.

고요하다.
머릿속은 평화로워지고
가슴에는 방바닥을 데워 주는 보일러 같은

열선이 움직이는 듯하다.

행복하라고 눈이 내렸다.
그러니, 행복하자.
찻물을 끓이고 남편이 구워 주는 호떡을 먹으며
아끼는 드라마 《나의 행방일지》를 몰아서 본다.
게으른 하루. 그래서, 행복하다.

○─────────────────────○

마루에 두었더니 살짝 열어 놓은 방문 사이로
얼굴을 보이며 담덕이가 망설이고 있다.
방 안에서 장명 스님이 웃으시며 들어오라고 하신다ㅎㅎ

행복해지는 밥이 직지사에 있다.
오신채를 사용하지 않고 채식으로만 차려도
영혼이 풍요로워지고 평화로워지는 밥상.

많이 보고 싶었던 작은아이가 함께라 더 뿌듯해지는 산책길.
작은형아가 그리웠던 담덕이도 그 곁을 꼭 붙어 다닌다.
남편은 늘 한 걸음 뒤에서 우리를 지켜보고.
스님은 그 옆에서 미소를 보내시고.
삶이 웃는 순간이다.

2023년 2월 14일

추운 날을 잘 견디고 있는
기특한 친구들에게 마음을 전해 주려고
괜히 온실 바닥을 청소하다 돌아보니
담덕이는 로즈마리만 쳐다보고 있다.

담덕♡
로즈마리만 예뻐하면
체리세이지가 섭섭해할걸…ㅎㅎ

2023년 2월 16일

유치원 다닐 때 엄마를 따라 산속에 들어온 아이가 늠름한 청년이 되어 스스로의 길을 찾았다.

버스가 다니지 않아 친구를 만나는 것도, 학원을 다니는 것도, 취미 생활을 하는 것도 쉽게 되지 않는 곳에 살다 보니 자유로움이 간절했던 사춘기 때는 산속 생활을 많이 원망했으리라.

그럼에도 불구하고 바르게 잘 자라 주어 그저 고맙다.

군대를 제대하면서 명예롭고 정의로운 일을 하겠다고 했을 때 그 목소리와 눈빛에 강한 의지가 담겨 있는 게 느껴져 반대할 수 없었다.

오늘 그 아이의 졸업은 나를 뿌듯하고 뭉클하게 만들었다.

태어났을 때 딸아이가 아니라고 많이 섭섭했었는데 여느 집 딸아이 못지않게 다정다감해서 졸업식 하는 동안 눈을 맞으며 많이 기다렸던 담덕이를 쓰다듬어 주며 담덕이가 좋아하는 사과부터 챙겨 준다.

314

언제나 그랬듯 늘 너를 응원한단다.

겸손하게 노력하는 너의 모습을 사랑한단다.

네가 내 나이가 되었을 때 너 또한 뿌듯하기를 바란단다.

2023년 2월 20일

방송 출연은 나와 어울리지 않는 듯했다.

오래전 《아침마당》이란 프로그램에 두 번 나갔을 때는 내가 거절하면 어쩌하든 다른 누군가가 나가서 허브에 대해 얘기할 테니 그럴 거면 자부심을 가지고 출연하자는 생각이었고, 그 외 다른 프로에서 한두 번 우리 집을 촬영한 후에는 자연스럽지 않은 모습으로 삶이 편집되는 게 싫어 내키지 않았다.

담덕이가 온 이후 그러한 생각은 더 굳어져서 점점 더 반짝반짝 돋보이는 다른 곳들과는 다르게 나의 삶은 고요하게 멈추어, 내면으로만 더 깊이 들어가고 있었다.

그런데 이번에 《한국 기행》이란 프로그램에 나가게 되었다.

나의 마음을 움직인 건, 얼굴을 모른 채 느낌이 먼저 와 닿은 작가의 고운 메시지 때문이었다.

뛰어오르는 것을 힘들어하는 담덕이와의 애틋한 일상을 잔잔한 추억으로 남길 수 있으리라는 확신을 주었으니.

물론 어색함도 있었지만 작업을 하러 오신 분들의 섬세한 배려가 느껴져 일상생활의 오글거림을 표현해도 잘 마무리할 수 있었다.

그럼에도 염려는 된다. 자연 속에서 까칠한 담덕이와 함께하는 우리의 삶이 잔잔하게 전달될 수 있으려나….

2023년 2월 22일

    햇살이 거실 안쪽까지 머무르는 시간이 길어졌다. 심술 난 꽃샘추위를 달래며 여유로운 봄이 다가온 것이다.
    온실 문을 열면, 얼른 나가고 싶어 보채는 아이들의 투정도 들리고 여전히 겨울잠을 더 즐기려는 아이들의 모습도 보인다.

    늦가을에 허브들의 잎을 바싹 잘라 온실에 옮겨 주면서,

    겨울에는 너희들도 쉬려무나.
    초록초록 하지 않아도 돼.
    그냥 푹 널브러져 편하게 지내렴.

하고 말해 주었던 나는 나무들에게,

서두를 것 없단다.
겨울잠을 더 자도 되고 낮잠을, 늦잠을, 봄잠을 더 자도 된단다.

라고 말해 준다. 두근두근 설렘만 가득한 봄이길 바라지만 어떤
친구에게는 부담이 되는 봄일 수도 있잖아.
　행복하지만 버거운 나의 봄이 부드럽게 와 닿는 건, 꽃샘추위를
시원함으로 즐기며 들어오지 않고 온실 밖에서 따뜻한 온실 안의 로
즈마리를 쳐다보는 털북숭이 담덕이의 사랑스런 모습 덕분이다ㅎㅎ

2023년 2월 27일

스텔라의 원피스를 만들어 주겠다며 재봉틀을 혼자서 공부한 남편이 만들어 준 가방을 무척 좋아한다.

단추를 좋아하는 나를 위해 가방 윗부분에 하트 단추를 달아 튼튼하게 만든 직사각형 가방인데 나에겐 최고의 명품 가방이다.

27일부터 가지는 나의 휴가 기간 중 평일 날 여행을 가려 하면, 경제적인 활동을 위해 노트북을 챙겨야 하는 남편에게도 이 가방은 유용하다.

멸치 육수를 우려낸 후 따뜻할 때 먹이려고 멸치를 건져 담덕이 그릇에 담다가 잠시 멈칫했다.

어느 날에는 이 멸치를 건져 내며 그리움에 울컥하겠지.

남해에서 멋진 정수 씨가 죽방멸치를 보내 주면, 육수를 우려낸 멸치를 담덕이가 먹을 거라 손끝이 아픈 줄도 모르고 멸치 똥과 꼬리까지 떼어 내는 작업을 한다.

푹 우려낸 그 멸치를 먹다가 왼쪽 다리에 쥐가 나는지 한참 들고

서 있던 담덕이를 보며 같이 여행을 가야겠다고 지난밤에 생각했다.

즉흥적인 나의 기분을 이해한 남편이 직사각형 가방을 꺼내서 노트북 충전을 하노라면, 벌써 눈치를 챈 담덕이가 새벽부터 그 가방 옆에 드러누워 있다, 하하하~
지금 이 순간은 그냥 행복하자.

3월

따스한 웃음은 잠깐의 관심보다 오래 남아

고마운 인연이

행복한 우연을 불렀다

2023년 3월 1일

○

3월 1일을 가슴에 새겨야 온전히 3월이 시작된다.
분노와 포용, 반성과 깨달음, 온화한 경계심과 각성이
같이 존재하는 오늘임을 잊지 않아야 한다.

담덕.
고구려의 광개토 대왕은 우리의 땅을 침범한
왜구를 물리치고 신라를 위기에서 구해 주셨단다.
위대한 대왕님의 이름으로 부르는 너를 더 사랑할 거야.

또한 삽사리는, 일제 시대에 일본에 의해
사라질 뻔했던 우리의 소중한 토종개란다.
자부심을 가지렴.

오랫동안 사용해서 낡은 삽과 호미,
전지가위, 물뿌리개 등은 의리 있는 친구들이다.

3월이 되면 이 고마운 친구들이 먼저
같이 움직일 수 있다고 응원을 해 주는 듯하다.
물론 든든한 호위무사 담덕이도 같이.

설레지만 버거운 나의 3월을 담덕이와 함께하면,
노오란 달걀물에 퐁당~ 부드러워진 프렌치토스트처럼
봄 햇살이 행복으로 스며든다.

2023년 3월 4일

정원에도 봄맞이 대청소가 필요하다.

2월 말쯤 하는 편인데 미루었더니 마음이 개운치 않아서 하루 종일 했다.

풀쩍 뛰어오르던 담덕이가 높이가 있는 차에 탈 때면 두세 번 망설이다 오르는 모습을 받아들여야 하는 현실이, 오십이 넘으면서 봄을 더디게 맞이하려는 나의 시간들과 만나 게으름을 원한 것 같다.

지난 계절에 아무리 열심히 갈무리했어도 구석구석 마른 모습으로 남아 있는 흔적들을 정리해 주어야 다시 만나는 봄과 차분하게 인사할 수 있다.

땀을 흘린 후, 가지 끝에 꽃망울을 도톰하게 부풀릴 준비를 하며 봄단장을 하는 앨리와 그레이스의 옆을 지나치다가, 새침한 그 모습이 사랑스러워 저절로 미소가 번진다.

정원 일을 하는 동안 따라다니던 담덕이가 힘에 겨운지
벤치에 엎드려 스텔라의 움직임을 확인하며 쉬고 있었다.

쉬다가 무슨 생각이 떠올랐는지 벌떡 일어나더니
살구나무 앞 화단으로 달려갔다.
그러더니 커다란 초콜릿 같은 코를 땅에 대고 킁킁~~
담덕이만 아는 땅속 향기는 어떠할까?

이제 곧 기지개를 켜며 땅 위로 올라올 친구들은
담덕이의 친근한 봄 인사를 기다렸겠지.

목련은 금방 꽃을 보여 줄 듯하고
아이리스, 야로우, 레몬밤, 크리핑타임, 램스이어 등등
새순들이 파릇파릇 올라오고 있다.

애들아, 반가워~~
많이많이 보고 싶었단다.

온실 속 식물들이 하나둘 밖으로 나오고 있다.

허브티 찌꺼기와 과일 껍질, 담덕이의 윤기 나는 응가, 늦가을 낙엽 부스러기 등을 섞어 1년 이상 묵힌 후 만든 우리만의 영양분을 흙에 섞는다.

화분에 담겨 있던 흙을 큰 양동이에 부은 후, 그 영양분과 골고루 섞어 더 건강해진 흙을 다시 화분에 담아 식물을 심는다.

땅도 마찬가지다.

살짝살짝 흙을 뒤집은 후 그 영양분을 섞어서 부드럽게 만든다. 흙이 바람과 해님과 인사할 여유를 두었다가 씨를 뿌리거나 온실 속 식물들을 옮겨 심는다.

흙을 교체하는 동안 옆에서 물끄러미 바라보던 담덕이가 어느새 보라색 꽃이 예쁜 로즈마리에게 다가가 사랑이라는 영양분을 봄 인사로 전하고 있다.

로즈마리도 담덕이의 봄 인사에 들뜬 것 같다.

2023년 3월 11일

쓱~ 올라오는 크로커스에게.

안녕?

노오란 예쁜 친구구나.

우리에게 너를 보여 주어 고마워.

작년 여름 몽블랑 다녀오시면서 너를 선물해 주신 분이

다음 주에 히말라야에서 돌아오시면

너를 보고 활짝 웃으실 거야.

아기 체리세이지는 100살이 넘은 백일홍,

홍홍 여사님이 마주 보이는 곳에 심어 주었다.

담덕이가 좋아하는 장미를 토분에 심어 주었더니,

이리 보고 저리 보고♡

반짝반짝 빛이 나는 아침이다.

2023년 3월 13일

예쁜 얼굴을 보이려다 건조함에
툴툴거리던 식물들이 편안해 보인다.
수선화의 웃음에도 여유가 생겼다.

어제 내린 단비가,
심하게 건조했던 봄날을 평정해 주었다.

단비 덕분에 한결 부드러워진 오늘을
행복하게 맞이하는 아이가 있다.
하늘을 향해 얼굴을 들고 코를 벌름거리며~~
이건 담덕 스타일이지ㅎㅎ

알고 있지?

너희들의 촉촉한 웃음에

덩달아 행복해하는 스텔라라는 걸.

맑고 깊은 사랑을 받은 아이들은
느닷없이 휘몰아치는 바람에도
넉넉한 웃음을 전할 수 있단다.

따스한 기억이 없는 꽃은
봄 햇살에도 움츠러들지.

너만 모르는 너의 예쁜 모습을 우린 사랑해♡
나의 눈길과 담덕이의 옹달샘 언어로 사랑을 전할게.

2023년 3월 17일

충족되지 않아 떠난다던 녀석의 갈증이 어느 정도 채워진 걸까?
흐려서 매화꽃이 더 고운 날 큰아이가 왔다.

아빠가 하시는 일 같이 하며 틈틈이 엄마의 정원 일 도울게요.

아~ 그냥 다니러 온 것은 아니구나.
다행이다. 사실 나보다 늘 일이 바쁜 남편이 더 기다렸었는데….

나의 부탁으로 주말마다 남편이 만들어 주고 있는 건조실을 둘러
보는 큰아이에게 달려간 담덕이가, 공을 던져 달라 한다.
그 옆에서 살구나무 어르신들이 미소를 보내고 있다.

한동안 보이지 않던 서든리도 큰아이가 궁금했는지 오늘은 일찍
와서 대나무 숲에서 기다리고 있었다.

서든리~~
난 네가 부잣집에 시집간 줄 알았어. 많이 먹으렴.

우리의 삶이 자연스럽게 흐르고 있다.
자연스러울 수 있어서 참 다행이다.

2023년 3월 18일

느낌으로 사는 나에게 전해진, 최우정 작가의 편지는 어떤 믿음을 주었다. 그래서, 정원이 휴식하는 겨울의 촬영임에도 EBS의 《한국 기행》에 응하게 되었다.

그리고 지난밤에 방송이 되었다.
〈내 이름은 스텔라〉

팔공산에서 담덕이와 같이 살아가는 스텔라의 자연 속 모습들을 잔잔하게 전달하려 애쓰신 분들의 노고가 느껴졌다.

나의 휴대폰에 friendship이라고 저장해 둔 작가에 대한 느낌이 신뢰로 와 닿으며 감사함이 되었다. 덕분에 담덕이와 함께하는 특별한 추억을 얻을 수 있었다. 고마움 가득이다.

방송이 나간 후 밤늦은 시간까지 보내 주신 많은 분들의 따뜻한 말씀과 글들에 고개 숙여 감사드린다.

답덕ㅎ
삽살개 / 10살

밥 많이 먹어라~

화가 나거나 슬플 때면 느티나무 친구들에게 달려갔었다.

어느 겨울날, 잎을 다 떨군 채 묵묵히 나의 말을 들어 주는 나무들의 모습 앞에서 부끄러웠다.

나를 위로할 수 있는 공간을 머릿속에 그렸고, 그 생각을 이해한 남편이 나무로 만들어 준 그린 게이블즈는 행복이 가득한 부엌이다.

바닥부터 창문, 지붕, 환기구, 테이블, 초록색 지붕 등등 남편이 직접 다 만들었다(가끔 두 아이들이 도왔음). 몸과 마음이 여유로운 시간에 만드느라 3년이 걸렸다.

조금씩… 천천히… 나는 재촉하지 않았고 남편은 서두르지 않았다.

앨리와 그레이스가 내려다보는 곳에 있다.

이곳에서 떠들썩한 웃음, 고요한 명상, 맛있는 요리, 받아들여야 했던 슬픔을 담았다.

팽이버섯에 돌돌 만 베이컨을 기다리며 발을 구르던 아이들의 의자가 저기 있고, 담덕이의 첫돌을 준비할 때 수수떡을 해 오셨던 엄마의 웃음이 창가에 머무르고 있다.

여름날 가든파티를 할 때면 화려해진 식탁이 춤을 추었고, 빵을 구울 때면 그리운 민트(골든 리트리버, 우리의 천사)가 주변을 돌며 즐거워하고 있었다.

나의 의견을 묻고 설명하며 작은 부분 하나 놓치지 않으려 신경 쓰던 남편의 그 모습들을 다 기억한다.
변함없는 그 사랑으로~~
빨강머리 앤을 좋아하지만 앤이 되고 싶지는 않은 나, 타샤 할머니를 닮고 싶지만 그분이 되고 싶지는 않은 나의 모습으로, 자연 속에서 여유로운 스텔라가 되고 있다.

여기.

행복이 가득한 부엌은

5년전부터 만들길 원했고

3년전부터 오로지 신랑이

몸과 마음이 여유로운 시간에

조금씩 … 천천히 …

완성해 준 공간입니다.

고마운

2012. 6월의 어느날.

신성화.

2023년 3월 23일

건조실의 지붕을 덮기 전에 뼈대가 되어 준 나무들을 비에 흠뻑 적셔 주고 싶었는데 마침 비 소식이 있어 좋았다.

봄비를 맞이하는 준비를 했다.

담덕이는 개나리가 핀 길로 형아랑 미리 산책을 다녀오고, 나는 겨우내 신었던 털신들을 쉬게 해 주려고 먼저 바닥을 탁탁 털어 낸 후 포근한 봄의 빗물로 씻어 주었다.

나의 발을 따뜻하게 해 주며 추운 겨울의 밖을 같이 다녔던 털신들은 이제 세 번의 계절 동안 꿀잠을 잘 수 있다.

밤새 내린 이슬비에 봄의 마음도 여유로워져 꿈틀꿈틀, 속닥속닥♡ 쑥쑥 올라오는 예쁜 아이들을 방긋방긋 웃으며 맞으려 한다.

몇 해 전 부산의 안이들 댁에서 오스트리아 여행을 다녀오시며 선물해 주셨던 작은 잔들을 꺼내고 로즈마리를 넣은 빵을 구우며, 머릿속으로 먼저 허브티를 블렌딩한다.

레몬그라스 3, 레몬버베나 2, 페퍼민트 2, 오렌지필orange peel 1

그리고 설레는 평화로움 2.

2023년 3월 27일

좋은 사람과의 만남이라 배려해 드렸는데도 나의 의도와는 다른 상황을 맞게 되면 어색함에 실속 없는 말을 할 때가 있다.

난처했던 그 순간에 대해 상대방이 이해한다는 걸 아는데도 신중하지 못했던 시간을 보낸 후에는 나 자신의 내면으로 깊이 들어가 본다.

고마운 시간을 열어 드리고 왜 마음을 다쳐야 하는지…

그리고 나면 상대방과 마음의 거리가 아닌 시간상의 거리를 두며, 나 스스로를 어루만진다.

살림을 더 뽀드득 소리가 나도록 하며 정원에 부는 바람에 생각을 날려 버리고, 가슴 가득 햇빛을 담아 나무들과 새들과 인사하며 담덕이와 같이 서든리의 밥을 챙겨 준다.

이렇게 천천히 한 바퀴 돌고 나면 내면에 평화가 깃든다.
이제 됐다.
진심으로 정성을 다했으니 마음이 아릴 수 있었던 거야.

2023년 3월 30일

아무도 알려 주지 않았다.

소주와 막걸리, 오리고기와 파전을 파는 커다란 야외 천막을 지탱하려고 굵은 끈으로 단단하게 묶어 둔 나무가 벗나무라는 것을.

이사 온 이듬해 봄날, 슬픈 미소를 띤 채 아리따운 모습으로 피어나는 벗꽃을 보고 시커먼 천막에 눌려 있던 모습이 떠올라 눈물이 났다.

조심스럽게 벗나무와 눈 맞춤을 하며 사랑을 담아 말했다.

이제부터 너희들은 세상에서 제일 행복한 우리들의 벗나무가 될 거야~~

우리가 이사 오기 전부터 있었던 이 친구들의 나이를 정확히는 모르지만 스텔라가 이름을 지어 준 순간부터 다시 태어났다고 생각한다.

이층 창문을 열었을 때 왼쪽에 있는 도도한 아이는 앨리.

오른쪽으로 가지를 드리운 우아한 아이는 그레이스.

356

태풍에 부러지는 나뭇가지 하나도 아까워 튼튼한 나무 지지대를 만들어 주고 남편이 직접 나무를 깎아 만든 하트를 색칠해서 달아 주었다.

이십 년이 흘렀다.

앨리, 안녕? 그레이스, 잘 잤니?

매일 아침마다 스텔라와 담덕이가 반갑게 인사를 나누는 친구들.

어찌 너희들보다 더 품위 있는 벚나무가 있으랴♡

손가락이 휘도록 일을 한 이 땅을 선택해서 너희들을 만난 것만으로도 벅찬 삶이란다.

4월

너를 그리워하지
않을 날이 있을까?

고마운 인연이

행복한 우연을 불렀다

2023년 4월 1일

매일매일 팡팡 터지듯 나타나는 아이들을 보며 3월의 휴가 기간 내
내 정원 일을 했더니 손목이 욱신거리고 얼굴이 따끔거린다.

씨앗을 뿌리고 구근을 심는 일이 이어지고 있다.

씨 씨 씨를 뿌리고 꼭꼭 물을 주었죠.

하룻밤 이틀 밤 쉿쉿쉿 뽀드득 뽀드득 뽀드득 싹이 났어요.

싹 싹 싹이 났어요. 또또 물을 주었죠.

하룻밤 이틀 밤 어어어 뽀로로 뽀로로 뽀로로 꽃이 폈어요.

큰아이가 〈씨앗〉 노래를 흥얼거리며 화단에 메리골드marigold 씨앗
을 뿌리는 동안 담덕이는 옆에서 공놀이를 하고 있었다.

글라디올러스gladiolus와 프리지아freesia, 로즈릴리rose lily의 구근을
심는 동안 담덕이는 수선화와 크로커스 옆에서 지켜보고 있었다.

아침에 정원 일을 도와주고 본업을 하는 큰아이가 있어 든든하다.

스프링클러를 틀어 두고 물뿌리개를 들고 다니는 나의 발걸음이 더 가벼워졌으면 좋겠다.

세월을 느끼는 나를 정원의 모든 친구들이 응원하고 있다.

올리브 나무 옆에서 보호받고 있던 바질 잎을 준비했다.

큼지막하게 썬 토마토와 두툼한 생모차렐라 치즈에 곁들이면 담덕이도 무척 좋아한다.

항상 담덕이를 먼저 배려한 후, 발사믹을 곁들여 마무리한다.

꽃샘추위가 봄을 시샘할 때부터 앨리와 그레이스 아래에서의 티타임을 궁금해하던 지인들이 자연스럽게 모였다.

꽃비가 날리는 오후 3시의 벚나무 아래 테라스♡

벅찬 이 순간의 행복을 위해 준비한 음식들을 통에 담아 하나둘 나타났다.

왁자지껄. 하하호호. 가득한 웃음~~

앨리와 그레이스가 뿌듯해하고 있다.
우린 고마운 마음뿐이란다.

2023년 4월 3일

류이치 사카모토(사카모토 류이치) 아저씨 죽었대요.

어젯밤 10시쯤 큰아이가 나에게 말 대신 보낸 문자다.

멍한 나에게 다시 문자가 왔다.

슬퍼요.

가만히 녀석의 방으로 가 보니 벽을 향해 누워 있었다.

홍홍 여사님(106살 백일홍) 아래에 심으려고 온실에 있던 라벤더 화분들을 옮겼더니, 올해 처음으로 밖에 나온 라벤더에게 달려간 담덕이는 전해 줄 이야기가 많은 듯했다.

건강하게 올라오는 캐모마일도 곳곳에 나누어 심었다. 아이리스와 작약, 라일락도 기분 좋은 표정으로 모습을 드러내고 있다.

눈이 퉁퉁 부은 채 라벤더 심을 자리의 흙을 삽으로 파내는 큰 아이만 말이 없다. 라벤더를 옮겨 심은 후 그 아저씨의 곡 〈Merry Christmas Mr. Lawrence〉를 라벤더에게 들려주며 큰아이가 담덕이를 안고 하는 말이 들렸다.

사카모토 아저씨가 라벤더처럼 편안하셨음 좋겠다.

가끔씩 큰아이가 식물들에게 말을 하면 맑은 시냇물 소리가 들리는 듯하다.

2023년 4월 4일

엄마랑 만든 딸기잼의 병뚜껑에 직접 그린 딸기 그림을 붙인 후 나에게 선물하러 여섯 살 윤이가 왔다.

윤이의 딸기 그림을 보는 순간 이미 내 마음은 달콤한 딸기잼 속으로 퐁당 빠져 버렸다.

윤이네처럼 청춘들이 차 마시러 왔다가 결혼을 하고 아이를 낳고 그 아이들이 자라면서 또 나와 친구가 되는 이런 순간들이 참 행복하다.

제준이네도 그렇고 나연이네도 그렇다.

지난 늦겨울에 초등학교 입학을 앞둔 제준이는 하트를 보여 주고 갔었다. 나연이는 지난주에 와서 다섯 개의 사과를 주었었다.

우리 집에서 생을 마감하고 싶었던 걸까?

작고 예쁜 새 한 마리가 테라스에서 죽어 있는 걸 윤이가 발견했다.

해맑은 얼굴로 갸우뚱하는 윤이의 순수한 사랑을 받으며 떠나고 싶었는지도 모르겠다.

윤이가 다녀간 후 꽝꽝나무 아래에 그 새를 묻어 주는 동안 담덕이

가 애처로운 눈빛으로 쳐다보고 있었다. 호미로 흙을 파내고 새를
묻은 후 화분으로 다시 덮어 주고 내가 만든 하트를 올려 주었다.

  이건 우리들의 마음이란다.
  훨훨 자유로워지렴~~

2023년 4월 5일

(나의 감정이 희미할 때부터
네가 먼저 느끼는 걸 알아.)

꽃비가 내리면 나는 눈을 감을 거야.
내 마음에 스며드는 아련한 향수가
슬픈 미소로 네 눈빛이 될까 봐.

영산홍 봉오리가 진다홍 왕관의 보석처럼 빛나던 날, 담덕이의 세 번째 책이 출간되었다.

우리가 담덕이를 기억하는 하나의 방법으로 만드는 담덕이의 책들은 자연 속에서 스텔라와 담덕이가 함께하는 일상을 사진과 함께 담은 기록이다.

1권, 단발머리 담덕
2권, 삶이 웃는 날은 쉬어 간다
3권, 담덕이의 정원은 스텔라의 농원

세상에서 가장 따뜻한 위로가 되는 책이라며 스텔라를 추켜세워

374

주는 작은아이가 이번에도 첫 번째 애독자가 되었다.

 책들을 다 구입하시어 완판을 만들어 주시는 담덕 아부지도 고맙다.

 담덕이와의 삶이 담긴 소중한 책이 누군가에게 따뜻한 친구가 될
수 있었으면 좋겠다.

 담덕이와 나는 종류가 다른 생명체로 만났지만

 순수한 사랑으로 연결되어 있다는 걸 알 수 있었다.

– 프롤로그 중에서

2023년 4월 9일

작은아이가 오면 우리의 산책은 고강도 트레이닝이 된다.

선광사 쪽으로 난 오솔길을 지나 가파른 오르막을 오를 때면 헉, 헉 힘들지만, 이 아름다운 4월의 휴일을 같이하는 시간이 소중해 다들 즐겁다.

건조한 날씨에 담덕이가 힘들 것 같아 부인사까지 가려다 멈추었다.

되돌아오는 길에 바람이 부니, 나무들이 춤을 춘다.

봄이 슬픈 나무도 있다.

반짝반짝 빛이 나는 친구들 속에서 익숙하지 않은 웃음을 담고 있다.

슬픔이 묻혀 버릴 수 있었던 겨울과는 다른 시간들을 어색하게 받아들이며, 감정을 드러내지 않으려 한다.

살짝 스치며 그 곁에서 잠시 머무르는 담덕.

화려한 웃음보다 그 나무가 좋아하는 담덕이의 옹달샘 언어는, 사랑이다.

2023년 4월 11일

투덜, 투덜 하면서도 해 줄 건 다 해 주는 슈렉 아저씨가 있다.

가게 안으로 들어가지 못하는 담덕이가 밖에서 가게 안의 곰 인형을 물끄러미 바라보았을 때 담덕이는 몰랐을 거다.
며칠 지나 슈렉 아빠가 그 곰 인형을 안고 나타날 것을~~

무언가를 만들어 달라고 하면 피곤하다며 투덜대면서도 며칠 후면 필요한 자재들이 속속 도착하고 있다.

낡은 건조실의 수리를 부탁했는데 아예 새롭게 만들어 주었다.
쉬는 날 틈틈이, 라일락 향기 너머 살구나무 어르신들 옆에 나무로 건조실을 만드는 과정들을 우린 옆에서 지켜보았다. 황금측백 쪽으로 창문을 만들어 주어 원하는 대로 허브들을 건조시킬 수 있을 것 같아 만족스럽다.

아아- - (스텔라가 또 시작이군)
으으… (피해 갈 수 없을 거야)

우우~우 (따뜻한 밥을 먹으려면)

후~~우우 (그냥 해 주고 편하게 살자)

이제 나는 이 슈렉 아저씨의 이상한 언어들을 다 알아듣는다.

2023년 4월 12일

3월에 6월처럼 기온이 오른 날들이 있었다.
4월에 11월 같은 바람이 불며 스산한 날들이 있다.

해마다 벽에 가득했던 무당벌레가
지난겨울에는 눈에 띄게 적게 나타났다.
꿀벌들이 헤매고 있다.
꽃들이 방황하며 피어난다.
바람에 날리는 나무들의 한숨이 있다.
편치 않은 자연에 공감하는 새들의 지저귐이 있다.

우리가 발 딛고 있는 그저 고마운 땅이
편하게 심호흡하며, 강물에게 웃음을 전할 수 있을까?
지쳐 버린 자연은 뒤늦게 겸손한 척하는
우리와 친구가 되고 싶을까?

2023년 4월 14일

영산홍 앞에서 담덕이가 소나무 위의 새들을 바라보고 있다.

지난밤 가득 담아 두었던 밥을 미스터 블랙이 나타나
다 먹어 버렸는지, 예쁜 고양이 아가씨 서든리는
이른 아침부터 대나무 숲에서 우리를 기다리고 있었다.

아리따운 사과꽃이 폈다.
사과꽃 하나를 그대로 옮기면
단아한 레이스 블라우스에 예쁜 브로치가 된다.
그 사과나무 아래에서는 씩씩하게 겨울을 보낸
애플민트들이 쏙쏙 올라오고 있다.

새들과 아침 인사를 나눈 담덕이가 애플민트 향기에 웃고 있다.

스치기만 해도 기분이 좋아지는 그 향을 맡으면

움츠러드는 순간에도 자신감이 생긴다.

2023년 4월 17일

대체 불가능한 사랑스런 향기로
스며들 듯 떠오르는 기억.
이맘때 담덕이가 우리에게 왔었지♡
우리가 선택한 담덕이라고 생각했다.

담덕이네 집 주변이 라일락 향으로 가득한 지금
느낌으로 전해진 건,
오호~~ 우리가 선택받은 거였구나.

벅차게 행복한걸.
사랑하는 삶이다.

라벤더 · 램스이어 · 차이브 등등
모든 친구들에게 반짝반짝 빛이 나는 4월이다.

정원용 앞치마를 입고 예쁜 꽃무늬 장갑을 끼고
정원 일을 하는 게 익숙하지 않은 나는
어린 식물들을 심을 때에도 모종삽보다 호미를 더 가까이한다.

호미는 나의 오래된 벗이다.
잡초가 우거지면 일손을 빌려 예초기를 사용하기도 하지만,
호미로 정원 일을 하면 땅의 말을 알아들으며
고요한 명상으로 정원 일을 이어 갈 수 있다.

하부지(할아버지)가 된 담덕이가

호미와 같이하는 정원 속 명상의 시간에 같이 있다.

일 년 중 가장 아름다운 노래를 부르는 새들이 나무 위에 있다.

자연 속에서 우리의 마음들이 연결되어 있는 것 같다.

니트 카디건을 보관할 때 주머니에 담아 방충 방향제로 사용하는 타임thyme을 교체할 때가 되었나 보다.

이른 더위에 타임이 정원에 가득하다. 요리에 널리 쓰이는 향미료인 타임은 약효가 뛰어나 호흡기 질환에 음료로 마셔도 좋다.

돌계단, 돌 틈 사이로 크리핑타임의 보라색 마법이 융단처럼 펼쳐지고 있다. 크리핑타임처럼 땅에 기듯이 퍼지는 포복형과 레몬타임lemon thyme과 커먼타임common thyme처럼 30㎝ 정도 높이로 자라 포기가 곧게 서는 형이 있다.

담덕이가 고개 숙여 향을 맡고 있는 커먼타임을, 레몬타임과 크리핑타임이 부러워하고 있다.

미세먼지가 날리고 일교차가 심할 때 감기나 기침이 나면 캐모마일과 타임을 섞어서 차로 마셔도 좋다.

도아맘 갤러리 카페에서 열리는 플리마켓에 가면서 오피아 언니의
자수 작품을 만나고 싶다는 생각을 했다.

직접 본 오피아 언니의 작품은 훨씬 더 매혹적이었다.
도도한 사랑에 두렵지 않은 슬픔마저 느껴졌으니.
작품을 둘러보는 동안 담덕이는 잘 기다려 주었다.
그 댁 강아지 여름이는 여전히 예뻤다.

돌아오는 길에 동물 병원에 들러 광견병과 종합 백신 등의 접종을
한 담덕이는 피곤했던지 코-코- 잠을 잔다.
나는 구입한 빨강머리 앤의 휴대폰 케이스와 초록색 가방이 마음

에 들어 이리 보고 저리 보는데 담덕 아부지는 그런 우리들의 모습이 무어 그리 좋은지 흐뭇하다 한다.

2023년 4월 24일

산책 중 뒤처진 스텔라를 돌아보며
담덕이는 기다려 준다.

어긋나지 않으려
나를 위한 눈물을 흘릴 때,

그 따뜻한 깊이를 아는 담덕이는
스텔라를 안아 준다.

─────────────○

길게 펼쳐진 크리핑 로즈마리creeping rosemary의 잎이
늘어뜨린 머리채 같아서 땋아 주고 싶다.

쉬게 해 주려고 벤치 위에
그 싱그러운 줄기를 드리웠더니
담덕이가 다가가 향을 맡고 있다.

살랑~ 불어오는 바람에
두두두~ 몸을 털면
담덕이의 풍성한 털 사이로
로즈마리 향이 가득 퍼진다.

2023년 4월 27일

담덕, 미워.

담덕이가 세상에서 제일 슬퍼하는 말을 해 버렸다.
그러게, 주유소에서 왈왈왈~ 그만하고 좀 얌전히 있지, 이 녀석아.

차 뒷자리에서 쿠션에 얼굴을 묻고 엎드려 한참을 꿈쩍도 않는다.
마음은 아프지만 그 모습도 귀여워 말없이 웃으며 바라보노라니
눌려 버린 얼굴을 살며시 든다.
그 뾰로통한 모습은 또 얼마나 사랑스러운가.

아침에 라벤더 향을 맡으며 행복해하던 너를 내가 왜 미워하겠어.
삐치는 모습도 아까워 내 맘에 저장해 두려 하는걸.

───────────────○

서든리가 밥을 먹고 간 잠시 후 미스터 블랙이 나타났다.

서든리는 조심스럽게 담덕이와 눈을 맞추는데 미스터 블랙은 배가 많이 고팠던지 눈을 동그랗게 뜨고 허겁지겁 밥을 먹었다.

작년 12월에 두더지가 가든 세이지 무리를 파헤쳐 뿌리가 드러난 걸 며칠 지나 발견했을 때 화가 나고 속상해 바로 거친 말이 나왔었다.

망할, 두더지….

어릴 때 학교 앞에 있던 두더지 방망이로 두더지를 뿅뿅 때려 주는 꿈을 꾸기도 했다.

다행인 건 아끼고 귀하게 생각하는 허브들을 온실 한편에 따로 조금씩 관리해 온 덕에, 노지의 가든세이지를 잃고도 다시 심을 수 있었다. 혹시 또 나타날지 모르는 두더지가 신경 쓰여 여러 곳에 나누어 심고 벽돌로 깊게 테두리를 해 주기도 하였다.

바깥 세상에 나온 어린 가든세이지도 안녕?

너희들 옆에 서 있는 흰 기둥 같은 털 뭉치는 담덕이의 발이란다.

담덕이는 식물들을 밟지 않으려고 조심조심 다니니까 걱정 안 해도 돼. 이제부터 매일 아침이면 커다란 담덕이의 웃음을 너희들도 보게 될 거야.

푹 자고 일어난 담덕이의 해맑은 얼굴.

나의 발걸음을 기다리는 정원 친구들의 평화로운 아침 인사.

좋은 분들과 꽃향기를 나누려고 준비하는 티타임.

청년이 된 아이들에게서 《바다 위의 피아노》를 떠올릴 때.

나뭇잎 사이로 바람이 숨결이 되는 어느 오후.

하늘의 구름이 마음속 그리움을 그려 줄 때.

금방 구운 빵을 먹으며 그림책들과 뒹굴 때.

이 순간들에 행복한 나를 사랑한다.

나무가 생채기를 안고도 계속 성장하다 보면

어느 날 문득 키가 커 바라본 풍경이 예전과는 다르게 보이듯,

너그러운 자연의 품 안에서 순수한 담덕이와 함께하며
생채기를 안고 있었던 나의 마음은 평화로워지고 있었다.

영화《원더》를 보며 어기의 누나 비아에게
미소를 보내는 부드러움으로 단단해지고 있으니.

바람이 해님과 인사하며 쉬어 가는 삶이어야 했다.

숨이 멎을 듯 아름다워도 자연스럽지 않으면 갑갑하다.

단아하게 살아가니 널브러져 있는 오늘도 괜찮다.

늦잠을 자는 마음이 슬프면 그냥 안아 준다.

앨리와 그레이스가 새침하게 예쁨을 준비하면

모른 체 지나치며 미소를 보낸다.

그러다 문득, 알게 되었다.

고마운 인연이 행복한 우연을 불러들인다는 것을~~